"猎"人日记

我在深圳做猎头

黄隽/著

中华工商联合出版社

图书在版编目(CIP)数据

"猎"人日记：我在深圳做猎头 / 黄隽著 .
北京：中华工商联合出版社, 2025.3. -- ISBN 978-7
-5158-4220-2

Ⅰ . I247.5
中国国家版本馆 CIP 数据核字第 2025Q9Y258 号

"猎"人日记：我在深圳做猎头

| 作　　者：黄　隽 |
| 出 品 人：刘　刚 |
| 策划编辑：李　瑛 |
| 责任编辑：李　瑛 |
| 排版设计：北京青云腾科技有限公司 |
| 责任审读：付德华 |
| 责任印制：陈德松 |
| 出版发行：中华工商联合出版社有限责任公司 |
| 印　　刷：三河市宏盛印务有限公司 |
| 版　　次：2025 年 7 月第 1 版 |
| 印　　次：2025 年 7 月第 1 次印刷 |
| 开　　本：710mm×1020mm1/16 |
| 字　　数：180 千字 |
| 印　　张：15 |
| 书　　号：ISBN 978-7-5158-4220-2 |
| 定　　价：58.00 元 |

服务热线：010－58301130－0（前台）
销售热线：010－58302977（网店部）
　　　　　010－58302166（门店部）
　　　　　010－58302837（馆配部、新媒体部）
　　　　　010－58302813（团购部）
地址邮编：北京市西城区西环广场 A 座
　　　　　19－20 层，100044
http://www.chgslcbs.cn
投稿热线：010－58302907（总编室）
投稿邮箱：1621239583@qq.com

工商联版图书
版权所有　侵权必究

凡本社图书出现印装质量问题，请与印务部联系。
联系电话：010－58302915

目录 CONTENTS

- 第一章　我的职业是猎头……………………………1
- 第二章　大单降临，准备大干一场……………………19
- 第三章　天狂必有雨，人狂必有祸……………………39
- 第四章　虚已者，进德之基……………………………53
- 第五章　人无远虑，必有近忧…………………………71
- 第六章　下雨时倚楼听雨，天晴时逐鹿江湖……………89
- 第七章　江湖，处处皆是风和雨………………………109
- 第八章　知人者智，自知者明…………………………131
- 第九章　猎场里的鸡毛和蒜皮…………………………155
- 第十章　谋定而后动，才能胜券在握…………………183
- 第十一章　相互欣赏，彼此成就………………………207
- 第十二章　她走进雨里，任风起雨飘落………………225

第一章　我的职业是猎头

2024年3月6日，晴，三智言语办公室。

"喂，您好！请问是张宇先生吗？"

"是的，请问你是？"

您好，我是三智言语猎头顾问米豆，有个工作机会想推荐给您，您现在方便吗？

"在上班，不方便！先加我微信。"对方压低声音道。

"好的，您的微信号是？我加您。顺便把客户资料和岗位说明书发您，您方便的时候先看看。我们约时间再详聊。"

"OK！"

米豆赶紧拿起桌上的笔认真地记录对方说的号码，最后重复了一遍。挂断电话后，她赶紧打开微信添加并输入："张先生，很高兴认识您！我是刚才给您打电话的三智言语猎头顾问米豆，给您推荐 EYE 公司品牌总监工作机会。"做完这些，米豆在 Excel 表格中登记刚才电话邀约的具体情况，姓名、岗位、联系电话、微信号、情况备注，方便电话沟通时间等。

米豆看着时间，开始打下一个候选人的电话。

"李先生，您好！我这边是一家猎头公司，有个工作机会推荐给您，请问您现在方便电话吗？"

一秒，电话那头已经没有声音了，她被无情地挂了电话。虽然这是常态，但心里还是不舒服，头皮麻麻的，心好像也被捏了一下，不自觉地吐了口气。

"姐，被挂电话了？"

"是啊，哎！"

"可能不方便。"

"嗯，我先备注一下，晚上八点左右再去个电话。这个候选人背景不错，值得被多挂几次，哈哈……"

下一个电话面试。

"姜先生，您好！我这边是一家猎头公司给您打的电话，有个工作机会推荐给您，请问您现在方便吗？"

"方便，你说！怎么称呼？"

"姜先生，我叫米豆，是三智言语猎头公司猎头合伙人，很高兴认识您。那我给您介绍一下这个工作机会？"

"请说。"

"给您推荐EYE公司品牌总监，工作地点在深圳南山科技园。EYE是一家专注扫地机器人、智能小家电及周边产品研产销于一体的科技公司，目前主要专注国内市场，年销售60亿元左右，员工2 000人左右。EYE准备进军欧洲市场，实体运营加电商运营的模式。基于这样的战略和业务发展背景，老板想对公司的品牌管理做升级，因此想要找一个优秀的品牌负责人，BASE年薪（底薪或基本薪资）100万左右，奖金根据公司业绩和个人绩效评定。关于薪酬这块，如果足够优秀，薪酬还有谈判空间。"

"嗯。EYE目前的品牌团队是怎样的？品牌管理的现状和痛点是什么？还有，对这个新加入品牌总监能带来的改变或者上岗后的期望是什么？"

"据对方 HRD（人力资源总监）提供的信息和我们了解的情况，EYE 公司目前的品牌管理还是不错的，体系健全，与同类产品的可识别度强，宣传与投入方面都还不错。目前团队有三个人，一个品牌经理，一个资深专员，一个品牌专员。合作了两家品牌咨询公司，两年下来，钱没少花，但没达到老板的要求。引进品牌总监主要希望解决三个问题：第一，做好品牌核心价值定位；第二，品牌延展设计与管理；第三，品牌辨识度和知名度的升级管理，为公司海外市场的拓展提供品牌管理支持。"

"EYE 不是跟两个咨询公司合作吗？要实现这些管理目标应该不难吧！"

"根据 HR 的反馈，目前是花了很多钱，但是结果没有达到老板的预期，工作成果过于平凡，缺乏亮眼、创新的东西。"

"具体花了多少钱？"

"抱歉，姜先生！这个问题，前期有其他候选人也想了解。我们沟通过，企业方没有具体告知。"

"这个岗位招聘多久了？你们推荐了几个候选人？"

"这个岗位，我们收到需求差不多两个月，推荐了六七个候选人，目前没有面试通过的。"

"要求这么高？我也是备胎喽？"

"不是的，姜先生。毕竟这是面试，双方都要满意才行！据我们了解，EYE 目前战略方向是品牌运营和研发能力提升，夯实基础后，后期要走向资本市场，发展前景不错。您要不要接触一下？"

"我考虑一下，你加我微信，把公司简介和 JD（职位描述）发我一下，我研究之后再答复你。"

"好的，好的……"

挂掉电话，米豆深深吐了口气，利索地加了微信，把相关信息发给候选人，然后在 Excel 表格中做了登记和备注。

她也烦闷，这个品牌总监不是招聘了两个多月，而是招聘了七个多月，已经推荐了 70 多个候选人，客户怕是都已经挑花眼了。Sourcing（人才寻猎）的同事都快吐血了，都在怀疑对方是否诚心想要招聘这个岗位。米豆也是靠着老板给的鸡血和一丝仙气吊着最后的意志。坚持了这么久，不能放弃，得咬牙坚持才行，她给团队的小伙伴不断打气。

"豆儿姐，老板找！"米豆正想给下一个候选人打电话时，她的助理说道。

"好的，我恰好也要找她！"

米豆的上司 Enya 是公司的合伙人，管理着公司客户资源。米豆看见 Enya 正在打电话，她便站在办公室门口等着，Enya 示意她进去，不到一分钟挂了电话。

"EYE 品牌总监什么进度？"

"老板，目前推荐了 71 个候选人，2 个待定，1 个待面试，录用为 0。sourcing 没停，预计两天左右可再推荐一个。"

"哎，也不知道他们老刘怎么想的，选美吗？真是墨迹！到底想要怎么样？"

"首选排除我们推荐的候选人质量问题，因为推荐的人都经过了系统的面试和评估，简历报告推荐给 EYE 的 HRD，这 71 份合格简历报告是从几百份简历中挑选出来且面试通过，HRD 也非常满意。HRD 推荐给老板前，她都面试过，也就是说候选人本身没问题。那就存在老板定位不清晰，没想清楚他要用什么样的人或者要实现什么样的管理目标？但是，从接触的这七个多月来看，这个问题似乎也没问题。EYE 的品牌团队就品牌内在价值打造和品牌延伸上确实做得不好，打海外市场，势必需要配置资源推广品牌的海外知名度，做好品牌的海外管理，他们现在的团队是做不到的。所以，我觉得定位应该也没问题。"

"分析得有道理，我也问了 EYE 老板身边的人，老板的定位和需求没有变，也坚定要招聘这个职位。"

"那就奇怪了。真如他们所说，老板没看到一个眼前一亮的人？什么样的东西能刺激他的眼球，能立马亮起来！神啊，给我点提示吧！对了，有没有一种可能？"

"什么？"

"真的像江湖传言那般，从海量候选人身上学习经验，白嫖？不能吧，60 多亿营收的老板就这格局？"

"不至于，他们不是还请了两家咨询公司，如果仅仅是想要些知识经验，咨询公司可以提供，完全没必要如此。并且老板的时间多宝贵，这样做太费神！"

"EYE 老板是不是想拿他们 HR 团队的招聘能力和我们团队 PK，不愿意付猎头费？"

"不能吧，我这周找个时间跟他碰一下，你们继续推人。临门一脚，别倒在这最后的一百米！"

"是，老板！你尽快跟刘总对一下需求，我现在手上还有 4 个岗位呢，子弹就这么多，我们要把资源精准投放，不然，我没法给团队交代！"

"嗯！对了，找你来有个重要的事儿。"

Enya 说完从桌上拿起一叠资料递给米豆。米豆疑惑地看了看递过来的材料。YOK 公司简介，米豆翻了翻资料，眉头挑动了一下。

"新订单，并且是大单！"

"多大？"

"年薪 500 万 +100 万股权，23% 的招聘服务费。"

"什么岗位，这么高？"

"CSO，首席战略官。"

"要给我做吗？"

"找你来，肯定是让你做。这个订单放给谁我都不放心，必须是你们团队！但是有个特殊情况，咱们得分析一下！"

米豆听到 Enya 这样说，一边是欣喜，一边变得谨慎，害怕不小心又掉她挖的坑里面。老板的嘴，骗人的鬼，特别是 Enya，一个最会打感情牌、做情感按摩的女人，恶魔和天使的完美结合体！

"YOK 的这个岗位，他们之前合作过三家猎头公司，找了一年都没成功。YOK 董事长汪总和我一个做投资的朋友在饭局上谈起他想要找个 CSO，问我朋友有没有靠谱的猎头公司推荐，她推荐了我们。"

"YOK 的知名度，年薪 500 万 +，三家猎头公司找了一年，什么情况？一家猎头公司不行我觉得可以解释，但是三家都不行就不太可能了。并且 YOK 合作的猎头公司应该都是行业中有些地位的，找不到人的问题不可能出在猎头公司。YOK 会不会压根就不想找这个人，骑驴找马，还是想免费窃取候选人经验……怎么又跟这个品牌总监的路数一样，我去。Enya，我怕！这肉太肥，我要减肥，我吃不了！"

"别着急拒绝啊，咱不是说了要研究一下嘛！听我朋友的意思，这个人他们是一定要进的，因为投资人有要求，老板也有要求，只是没找到合适的人。"

　　假如你朋友的信息可靠，我们就需要搞清楚 YOK 老板真实的想法才行。搞清楚一个岗位面试一年，见了起码 50 个人，他的真实想法是什么？另外，过去一年这三家猎头公司都推荐了些什么样的候选人，为什么不合适，问题点都在哪儿？猎头公司和 YOK 的 HR 团队合作是否顺畅，人才画像是否清晰，定位是否准确……这一年里，肯定有很多故事，咱们要从这些故事里面分析，才能评估是否能接，对吧，老板？"

　　"是的！这样子，我们兵分两路，我让我朋友约 YOK 老板，探探他的底。你让你下面的三个人找资源或者人脉，打听一下他们去年合作的这三家猎头公司的具体合作情况，看看问题点在哪儿？你去找资源认识和研究一下他们公司的 HRD。"

　　米豆心里揣着七八个水桶，七上八下。这一年，给到她的都是一些难上青天的岗位，Enya 的说词就是公司里放眼望去，能啃这些硬骨头的人只有你，但是这漂亮的话背后让她很是纠结，因为她和她的团队收入的 60% 靠业绩提成呢。幸亏目前最难啃的骨头就剩品牌总监，如果再增加一个 CSO，那团队的时间和资源配置肯定有问题，无法保证团队成员今年期望的年薪啊，还搞个毛线啊……

　　米豆回办公室后，小伙伴们都看出她揣着心事。

　　小野说："豆儿姐，看样子是又被委以重任了，整个人被罩上一层薄薄的霜。"

　　"谁叫咱们是冠军团队，谁叫咱们是冠军猎头，谁叫咱们是公司响当当的敢死队和突击队啊！优秀的人总是被老板们各种惦记，想平庸些都不行，想工资低一点都不行，哎！这该死的存在感和价值感！"

　　荷叶："好凡尔赛哦！多大的单，多少钱？"

"CSO，年薪500万+100万股权！23%的招聘费用！"

麦琪："厉害了，今年咱们就搞这一单，其他都不用做了，我觉得可以搞！"

"有点追求好不好，只有这一单，怎么对得起我们组的江湖地位。来吧，研究研究这个大神。YOK公司，目前合作有三家猎头公司，找到这三家公司的名字和负责这个项目的猎手，这个岗位招聘过一段时间，但是没成功，我们需要从猎头公司的角度分析一下问题出在哪儿？小野负责统筹。对于客户端需求澄清，Enya会想办法约他们老板见面，评估招聘需求的真实性、人才画像、老板的用人偏好和目前YOK对这个CSO的价值期望。我这边会想办法认识一下他们公司HR负责人。这是YOK公司的企业简介，大家好好研究一下。具体要不要做，能不能做，综合以上信息做决策吧！"

"收到！"

大单让三个小伙伴很是兴奋，他们对米豆非常信任，公司六个小组，搞不定的订单在她这里都完美交付，从未有过例外！所以，对她的决定，小伙伴给予绝对信任和支持。跟着她啃难的项目，自己积累了经验，同时收入也得到了保证，最关键的是，团队的氛围好，没有上下级的权利束缚，在开放、包容、愉悦的环境里工作，大家更加努力和具有创造力。

米豆打开公司人才库，在岗位栏输入战略两个字，搜索结果371条；在目前年薪栏目输入80万及以上，结果156条；在期望年薪上输入100万及以上，结果36条。米豆把公司人才库中36个候选人的简历打开仔细研究起来，她一边看一边在本子上记录候选人在战略总监岗位上的主要工作方向和具体工作内容，并且把战略管理相关的关键词记录下来。虽然还没决定接这个案子，但是，充满好奇心和求知欲的她想深入研究一下年薪500万以上的候选人人才画像是什么样子的。这类人工作一年，很多人要工作一辈子，一部分人要工作二三十年，一部分人要工作十来年，一部分人要工作四五年……他们的价值创造在哪儿？哪些特质被企业喜欢，哪些能力被企业老板看中，哪些行为可以给职场普通大众提供参考，什么样的综合素养能让企业不惜花重金……

米豆十分专注地看着电脑，看完这36个候选人的简历，她立马在网上查找各种关于YOK公司的资讯，希望能找到YOK公司老板的相关信息。她想从这些资料中分析一下老板的特点，尤其是用人特点。还需要了解他们公司战略管理的前世今生……

呜呜……

米豆转头看了看手机屏，是小组工作群的信息："豆儿姐，EYE公司品牌总监第72号候选人已经发给HRD张笑，请知悉！"

"收到，辛苦了。"然后发了一个他们小组四个人在一起的特制表情包：大单还没落地，兄弟加油努力！

咚咚咚，咚咚咚……

EYE董事长兼总经理刘总专注地处理着手上的工作，听到敲门声，他没停下手里的工作，只是说了声请进。他的秘书推门告诉他HRD张笑想找他沟通一下品牌总监的招聘情况。

张笑也被猎头公司逼得不行，作为招聘对接人，老板要求面试不能断，要持续安排，但却一直没决定录用合适的人选！合作的五家猎头公司，有两家在跟进差不多三个月没结果后便没再推荐新的候选人，一家公司在跟进五个月后也没再推荐简历，一家猎头公司在跟进半年没结果后，以一个月推荐一份简历的速度维系着合作关系。现在还剩下三智言语猎头公司，每周推荐 1-2 份简历报告。对接的猎头顾问只会问她三个问题，这个岗位是否确定了候选人？三智言语推荐的候选人是否可以安排面试？是否有新增招聘要求及是否需要调整招聘方向？虽然对方没有催她做决定，没有向她抱怨招聘工作，但是随着时间越久，对方推荐的候选人越多，她也倍感压力。

"刘总，品牌总监新增了两个候选人，一个是我们自己找的，一个是猎头公司找的，这两个候选人我都已经电话沟通过，我觉得可以推荐给您看看。"张笑一边说一边把简历递给刘总。

"现在只有三智言语这个猎头公司推荐人了？其他猎头公司呢？"

"我们这个岗位招聘了一段时间，其他猎头公司因为没结果就没再继续推荐人。"

"这么重要的岗位，我们肯定要反复比较，仔细斟酌。哪有这么快决定。"

"是的。一面试时您觉得不错的那两个候选人是否需要安排下一轮面试？"

"不急，再等等。"

"刘总，目前正是换工作的高峰期，我担心那两个候选人因为长时间没得到我们的答复决定其他机会，要不先见见？"

"如果真这样，说明我们之间合作的缘分还不到，不用理会。不是有猎头公司在持续找人，塞翁失马焉知非福呢！"

张笑嘴上说着好的，但是她的头顶已经飞过一群乌鸦，如果打人不犯法，她真想一拳头挥出去……

刘总没再说话，而是仔细看着他手上的简历，一边看一边说："为什么猎头公司找的人就是比咱们找的人看起来更合适些呢！"

这句话让张笑不知道该如何去接，老板话里的话就是公司招聘能力弱于猎头公司，这还用说吗？人家猎头公司是一个团队盯着这个事情做，有渠道，有资源，有人脉，有人力；公司三个人的招聘团队不仅要招聘品牌总监，同时还有二十多个岗位需要招聘，每个岗位都着急，天天被业务催上天。而且，公司只有两个网络招聘渠道，虽然有内部推荐，但是因为没有明确的内部推荐奖励措施，内部推荐也没啥效果，这能比吗？

"好的，我们会不断提高招聘能力……"

张笑说这句话的时候，眼神都有些躲闪。刘总只是意味深长地瞟了她一眼，然后让她约候选人到公司面试。

"又没决定啊！"

张笑回到座位，招聘专员Simon赶紧追问品牌总监后续的安排，得知老板还没决定复试，他惊讶中透露出浓浓的失落。因为不管是猎头公司还是公司招聘团队，都觉得通过一面的两个候选人非常优秀，对EYE也有合作兴趣，如果再这样拖延下去，结果肯定是要黄。他们都好心急、好烦躁！

张笑："Simon，你跟三智言语沟通一下，想办法稳住这两个候选人，另外也拜托他们继续推荐新的候选人，其他猎头公司也再问问。"

"别了，除了三智言语和F猎头公司，其他猎头公司不太可能会继续推荐人，除非我们引进新的猎头。"

张笑："别了，三智言语都快跟了八个月，付出太多，再引进新的猎头公司，我于心不忍。你这边跟紧一点，别让他们停下来，告诉他们，品牌总监这个人肯定是要的，只是时机的问题，让他们再耐心些……"

"老大啊，你得想办法推进，这两个候选人真的很不错，我都不好意思让别人再推荐了，都七十多个人了。姐，姐，我的姐！"

张笑无比为难，她面对的是老板，而她目前无法影响老板，老板不决定，她能怎么样？她能做的就是维持好与猎头公司的关系，让他们继续推荐人。她唯一欣慰的是老板并没有说要取消这个岗位的招聘，不然，她无法和合作了这么些年的猎头伙伴交代……

米豆和她的小伙伴们吃完晚饭朝办公室走去，人手一杯咖啡，大家嘻嘻哈哈聊着网上的八卦。米豆扬手看看手表，马上就八点半了，今晚安排的是与策略采购专家的沟通。团队已经完成了 sourcing 和基本情况审查，这个段位的人需要她亲自电话沟通。

"方先生，您好！我这边是一家猎头公司给您打的电话，有个工作机会给您推荐一下，方便聊两句吗？"

"快八点半了，你们还没下班，猎头也这么卷！"

米豆解释道："我们的工作性质比较特殊，很多要接触的优秀候选人基本都在职，上班时间不方便电话，尤其是猎头电话。所以我们基本会选择候选人下班回家或者吃完饭后打电话。

"是吧，一般你们会选择什么时间？"

"我这边一般会选择在 19:30–21:00，即便有些人在加班，这个点，办公室里的人相对会少些，接电话也会方便些，怎么都能聊上两句。"

"不容易，不容易，辛苦了！"

"谢谢您的理解哈，我没打扰到您吧！"

"如你所说，我吃完饭正在楼下散步，你加班就是为了给我打电话，再怎么不方便都要聊上几句的！"

"方先生真是太绅士了，很荣幸认识您！我叫米豆，是三智言语猎头顾问，我这边把这个机会给您介绍一下……"

米豆把策略采购专家对应的企业简介、岗位职责、任职要求、工作地点和薪酬福利构成等做了详细的介绍，双方聊得轻松愉快，加了方先生微信并拿到方先生最新简历。沟通过后，除了以前负责的产品品类有些许出入外，匹配度80%以上。方先生听了米豆介绍，他委婉表达出需要深入研究这家公司，米豆感觉到他兴致不高，因为客户的知名度和影响力肯定没有他现在在职的这家强，考虑的可能性不大！

挂掉电话做好记录，米豆收拾东西准备下班，正在这个时候，Enya打电话来了。

"Q会所，我定位给你，赶紧赶过来，我让我闺蜜阿佑约了YOK的老板喝茶，你也参加。"

"什么？"

"不方便多说，我定位给你，打车过来。"

Q会所，极简装修，却掩饰不住它的雅致和内涵。米豆被服务员带到一个包间。

Enya看到米豆敲门进来，她站起身向米豆招手，对着约莫五十岁左右、干净干练、衣着简朴的男士介绍道："汪总，这位是我们公司猎头合伙人米豆，是我们公司招聘疑难杂症专家。米豆，这位是YOK董事长汪总。"

汪总，晚上好！久仰大名，很荣幸认识您！

"米小姐的名字很特别，米豆是吗？你这个名字有啥讲究吗？"

"没啥讲究，您没觉得土得掉渣吗？"

"没，没，确实很特别，好记又亲切。"

"我爸妈是农村人，没啥文化。我出生后，体弱多病，经常跟死神唠嗑的那种情况。我们老家有风俗，像我这种情况要取一个土掉渣的名字压一压，那时候，我妈正在收米豆子，就是做豆沙用的米豆，就用了这个名字。"

"哈哈，我很好奇，用了这个名字后身体状况怎么样？"

"真的很神奇，我也是听我爸妈说，自从大家都叫我米豆、米豆的，好像真有那么回事，我就不经常生病了，哈哈……"

大家因为米豆的名字，说起大家家乡取名的一些趣事儿，氛围很是轻松。大概十多分钟后，汪总终于说起正事儿。

"Enya，你们公司主要做哪些领域的猎头业务？"

Enya："汪总，我们的猎头业务主要分为三个板块，高端制造研发岗；互联网安全 & 架构和开发岗；职能的品牌、战略、供应链设计、风控等职能岗。"

汪总："战略管理是你们比较擅长的领域？"

Enya："是的，我们有很多成功案例，至少有 10 个以上的交付。客户一般是目前发展得很不错，公司发展需要更上一个台阶，有业务量和规模扩张需求或者全球化发展规划等，会引入战略管理的高级人才来助力目标的有序达成。"

汪总："我们公司的情况就是 Enya 刚才所说的那样，因全球化发展需要的战略高管人才。根据公司现在的市场、产品及人才状况，结合国际政治经济环境和竞争对手的情况做业务上的稳步扩张，关键点就是知己知彼，百战不殆。我的诉求就是一点，这个人一定要务实，能成事儿。"

"Enya，汪总是出了名的务实派，稳扎稳打做市场拓展，把风险控制在最小！汪总这边也找了其他猎头公司，但是一直没找到他内心想要的人。汪总，Enya 的团队很强的，让他们也帮您物色一下，看看能不能找到您想要的人。"Enya 的朋友林佑在一旁帮衬道。

"当然可以啊！如果能帮我解决这个难题，那就太好了。只要这个人帮我把全球化稳步扩张的问题解决了，薪酬不设限。合作协议明天就可以发给我的秘书小李，明天就把合同签了。你们放心大胆去找，找最优秀和适合的人才。"汪总对着他的秘书李小姐说道。

Enya："感谢汪总给机会。米豆主要负责您这个岗位，她的团队交付过6个战略总监，经验很丰富。米豆看看有啥问题需要跟汪总澄清的。"

"刚才大家在聊天的过程已经有需求的描述，我重复一下，汪总您看看是否正确：这个候选人得要充分明白公司的基础实力、短板和潜在优势，这是他工作的基础；另外，候选人对生物化学材料行业要有深入研究；清楚竞争对手的基础实力、短板和潜在优势；结合内外部政治、经济、文化特点，制定可实施的全球化发展战略；不是文字面的战略规划，必须要落地为结果负责；落地过程中要保证公司基本盘稳，在稳的基础上去规划和实现战略目标……"

汪总仔细听着米豆的话，不时做些补充，对这个猎头和这家猎头公司留下了不错的印象……

2023年3月12日，三智言语Enya的办公室。

"豆儿姐，昨晚聊完后，你觉得YOK的汪总在招聘CSO这个岗位最大的问题是什么？"

"我感觉，这个人才招聘的内在需求是有的，因为公司国际化发展战略需要这个人才，招聘需求的真实性是有的，但缺招聘需求的迫切性。招聘需求的迫切性受制于汪总内心的不安全、不放心和不确定。他想把国际化发展寄托在一个人身上，对这个人期望非常高！还说让这个CSO承担战略发展的结果，这个人可以担一部分KPI，但是公司战略发展的第一责任人是汪总啊！他的内心是犹豫的。"

"怎么说？"

"YOK所在的生物化学材料行业要走国际化战略，不确定的因素太多。我觉得汪总的不安在于对他公司技术、产品的不自信或者说不确定，他不确定公司产品和技术放在国际大舞台上，是不是也可以像在国内市场那样扛打和一枝独秀。他担心，万一盲目扩张给他带来的是风险和危机呢，万一在战略定位上出点问题，将公司的发展置于危险境地，他该怎么办？对自己的战略规划的不确定，对公司和技术的影响力不够自信，对公司发展再上一个台阶的忧虑，促使他迟迟下不了决定。YOK发展到国内行业龙头，一定不是所谓风口或者是偶然，而是汪总严谨的治理模式，稳扎稳打做出来的。"

"厉害了我的姐，就昨晚聊了三个小时，你跟林佑说得很像！太棒了，米豆！"

"谢谢老板的肯定！自从你跟我说了之后，我一直在研究这家公司。"

"那接下来怎么做？这个单咱们做还是不做？"

"啊？你不是去跟汪总吃过饭了，不是去拿订单的吗？"

"我的意思是说能不能交付。"

说到这里，米豆不经意深深吐了口气，她皱着眉头思考着该怎么解决，心里还是没底气。

"这样，如果这个订单交付，除开成本和团队的提成，公司跟你五五分？"

"啊，我也想拿下，但是我没有信心啊，Enya！"

"别啊，我想拿下这个岗位，如果这个岗位能拿下，YOK公司国际化战略对应的出海业务才能真正板上钉钉。这么难的问题我们都能帮他解决，汪总一定会对我们公司和你的团队刮目相看，之后他们公司国际化人才需求肯定是我们的，对吧！"

"好，只要是老板想要的，我们抛头颅洒热血，拼了命都帮你拿下。我先做个方案，大家一起看看方向。"

"爱你！爱你！"Enya非常激动地一边说一边给米豆比爱心。

"猎"人日记之YOK CSO。

回到座位上的米豆在她的笔记本上写下这几个字。

兴奋！全身细胞都在兴奋，这种兴奋劲儿不仅来源于诱人的猎头费，还在于永不服输和想要攻下另一高地的欲望和激情。

越来越喜欢猎头这个职业，因为不仅给我带来学习新知识的机会，更让我有职业的价值感、责任感和获得感！因为猎头作为链接企业和应聘者的桥梁，一来需要了解企业所在行业的情况，了解客户的运营情况、业务模式、企业文化、发展战略、人才需求以及公司治理模式等；二来需要了解候选人工作履历、职业规划、技能特点、价值观和期望工作环境等；三来需要对人才进行横向比较，分析各自的优缺点进行的匹配，实现三方共赢；四来可以掌握所操作的岗位人才供需状况、薪酬水平、职业发展趋势等，能够从宏观角度把握人才市场的动态……

第二章　大单降临，准备大干一场

米豆的日记本。

3月13日，星期一，晴，微风习习。

Enya扔了一个硬石头给我，首席战略官，年薪500万+100万股权，绝对大单，评估过了，绝对的硬石头。我一定是个自虐狂！看着这种貌似没有前途的订单，心里莫名其妙地激动，深挖的过程一定很美妙，因为又可以深入学习一个领域的知识。得荣幸见了公司老板，基本确定招聘需求是真实的，有这一点就够了！拿下，拿下，为团队声誉而战，为我的个人品牌而战！为我的钱包而战！加油！希望能再下一城！

米豆新建了一个WORD文档，开始她的项目设计，一直到深夜。

第二天，公司会议室，米豆和她的小伙伴们聚在一起。

投影屏幕上投放着YOK CSO岗位交付路径，这是她一夜的战果。米豆做了整个项目介绍后，开始对项目进行SWOT分析。

S，机会点：公司的知名度、品牌影响力、薪酬包，组织需求的真实性和必要性。

W，不利因素：企业面，老板不清楚自家产品在海外市场上的品牌影响力，担心技术在国际市场上的领先性，对技术和产品的不自信，导致对企业出海战略的不坚定，担心公司战略定位不精准会影响公司基本盘。市场人才面，行业特殊，目前人才库的人才数量少，生物化学材料行业做战略管理的候选人较少。竞争面，该岗位已经有三家猎头公司推荐了一年左右，影响了岗位的急迫性……

O，机会点：与YOK公司老板直接对话的机会，方便了解老板对岗位或者候选人的要求；三家猎头公司已经招聘了一年，因为没有收获，目前已基本退出该公司岗位交付，竞争对手少；项目收益较高，提成对大家的刺激较大；团队力量清晰、统一，有使命必达的决心。

T，项目成功的威胁因素：YOK公司战略发展调整，放弃进军海外市场；客户可能会再引入多家猎头公司竞争；困难面前，团队战斗力如何维持……

项目交付需要解决的关键性问题：

第一，YOK公司海外战略研究，佐证汪总决策犹豫的要素，并提供解决办法；第二，行业研究，了解生物化学材料行业的过去、现在和将来的发展，便于跟候选人和YOK人员沟通语言的同频；第三，提供给汪总一份严谨、详尽、可行的岗位项目交付的设计方案，让其了解我们的专业性及后期的工作思路，便于方向、步调和信息的共享；第四，需要Enya和公司股东团队的资源支持，需要一个或者多个生物化学材料行业的行业专家分析YOK战略的可实施性及成功的概率，为YOK公司提供增值服务；第五，候选人人才画像的确定，候选人除了专业性要求以外，还需要了解行业（国内、国外），了解和研究竞争对手，了解产品及功能，擅长战略设计、解码、落地，并且敢于担责，具有很强的成就动机和破局能力；第六，确定YOK公司简历报告模版，除了候选人的简历以外，还需要附上一份候选人面试分析报告，内容根据人才画像制定，重点突出对行业、竞手、市场、产品的熟悉情况、体现战略管理能力的项目明细，以及一些特殊情况，便于汪总更好地了解候选人及厘清面试方向……

项目分析汇报、公司研究、行业研究、增值服务提供，以及跟YOK

汪总汇报等工作都按节奏进行着，米豆和她的小伙伴们也一边学习研究行业，一边研究YOK公司、研究产品、研究对手，一边做sourcing的工作，沟通候选人，不停调整方向。

小伙伴们把招聘信息发布到公司合作的招聘网站上和各自的社交圈层，因为岗位薪酬高，所以吸引了无数候选人。趁着这个岗位的招聘，公司战略管理类的人才库得长肥一圈吧！

公司合作的7个招聘平台，每小时都有几十份简历投递过来，米豆的同事为了不放过一丝机会都认真对待每份简历。如此高端的岗位，想要候选人主动投递送上门的可能性非常低，即便如此也不能放弃，看着五花八门简历大家忍不住抱怨起来。

"有没有搞错啊，他们投递简历的时候难道不看要求吗？什么叫本科学历及以上，8年工作经验以上且3年以上战略总监全盘统筹经验；什么叫精通战略分析、规划和落地；什么叫精通各种方法论、工具、流程；什么叫具有最佳实践案例；什么叫具有行业研究与数据分析能力，具有战略实施与管控能力，具有目标管理和项目管理能力；什么叫具有全球化视野；什么叫具有第一梯队战略咨询公司（如麦肯锡/波士顿/贝恩等）经历，具有大型高科技、材料公司（销售额300亿以上）战略一号位工作经验……我的乖乖，他们都不看这些要求的吗，什么人都投，我这暴脾气啊！"荷叶发狂地说道。

大家伙只是笑笑，并没有反驳他——这是事实，且无法辩驳。

"这啥格局，你是第一天做猎头吗？司空见惯的情形有啥可抱怨的。你岗位挂在网上，向全世界的人才发出邀约，你被全世界的人才拥抱，这多好啊！"

"豆儿姐，虽然是这个理，但是啊，真心要吐槽一下，不然真会憋出内伤。你看吧，一个年薪五六百万的首席战略官，都是些啥简历，做品牌管理的、供应管理的、大专学历的、一两年工作经验做战略的、生产管理的。更气哦，还有应届毕业生，你说说。"荷叶眉飞色舞地吐槽道。

"说到应届毕业生，我昨天沟通了一个剑桥的应届博士，看了简历以后，对这学历，对这学霸，心生敬畏。但是他只有项目研究经验，研究方向是半导体，我毕恭毕敬对网线那头的大神说：很抱歉，您的背景非常优秀，但是这个岗位需要有战略管理的甲乙方工作经验，我这边帮您留意其他的工作机会。你猜他怎么说？"麦琪说道。

小野放下手上的工作，抬头看麦琪，想问她接下来发生的事情。

"我觉得你们这些猎头做事情太死板，经验能代表什么，那些十几年工作经验的人思想都固化了，没有创新。战略管理需要的是创新，给别人不一样的东西，这样组织才能更好发展。你刚才不是说了 YOK 公司要拓展海外市场吗？我高中和大学在美国，研究生和博士在英国，对英国和美国的政治、经济环境很熟悉也有深入研究。虽然对行业和竞争对手不是很熟悉，但是，我对我的学习和研究能力很自信，一两个月就可以掌握得七七八八了。你们怎么都不深入了解一下我，就擅自判断我不适合呢！"

"哈哈哈哈……大神教训得是，麦琪看问题太肤浅，不具有前瞻性，哈哈哈……"小伙伴打趣道。

"天才才有的自我优越感啊，他都不知道汪总现在悬而未决的真相，这么大的战略布局及实施让一个应届博士去做，还不了解行业和产品，老板怎么会放心！麦琪你问他，他敢不敢跟企业签对赌，如果做不到，他赔偿损失，哈哈……"小野说道。

"小野你疯了吧！就算有成功的可能性，成功的概率也是肉眼可见。

/ 23 /

但是企业经营不是儿戏，哪个老板愿意拿公司的前景去赌！即便是老板的儿子也得让他先做助理，待时机成熟才扶上位，对赌！说话能不能过过脑子！"

"豆儿姐，我这不是开玩笑吗？"

"能读剑桥的人都不是一般人，把他加入人才库，想办法加上微信，做好五年期跟进计划，系统设置半年跟进一次。"

玩笑过后，大家又开始一边叨唠一边大海捞人。

米豆在人才库中发现一个不错的候选人刘必成，四大战略咨询经验，国内第一梯队985学历，项目经验丰富，项目中有生物化学材料行业国内大型制造业战略咨询经验，有四年的履历未更新。米豆有些小激动，如果他最近这四年在甲方工作，那就NICE（太好）了。虽然很波折，很幸运，米豆最终联系上了这位优秀的候选人。

米豆把YOK公司和岗位情况做了详细介绍，刘必成先生非常感兴趣。交谈的过程中，米豆把他的工作经历都确认了一下，毕业以后一直在世界第一梯队的咨询公司做战略咨询，13年时间换了三份工作，稳定性不错。参与了三十多个项目，主要是在战略管理、经营管理体系搭建及升级，行业主要在电子半导体高端制造、生物化学、材料行业；了解生物化学材料行业且感兴趣，对YOK公司的产品及未来的发展趋势有非常深入的了解和自己的看法；逻辑严谨、思维清晰，学识渊博，不管说到哪儿都能旁征博引；沟通影响力一级棒，与米豆沟通的过程中，刘必成以绝对的沟通主角掌控着整个交流，不管是对问题的理解，对答案的陈述及延伸，对个人观点的表达，都让米豆成为一个忠实的听众。最关键的是，他也想把这些年积累的咨询经验运用到甲方，也一直在寻找一个机会，但是一直没碰到一个合适的。从电话沟通中，他认为YOK的这个工作机会从工作内容、自我成就动机、工作地点及薪酬福利上匹配度较高。

整个交流的过程相当愉快，米豆对这个候选人评价很高，他的学识、经验、素养都很好，唯一不足的地方就是缺失甲方一号位操盘经验。

米豆告诉刘先生，甲方工作经验这个点，客户很看重，因为他是目前接触的第一个候选人，所以需要跟客户沟通一下，看看能不能争取到一次面谈的机会。

"关于甲方经验这一点，我说明一下，也拜托你跟客户解释一下，像我这背景和经验的人应该没几个，我11年的工作都是给世界五百强企业做战略咨询，规模比YOK大的比比皆是，并且都是成功的经验。鉴于我对YOK公司行业、产品及未来市场的了解，如果有机会，我还是想跟YOK公司的老板聊聊……"

挂了电话，米豆加了刘必成的微信，拿到了他最新的简历，工作履历简直太完美，即便候选人没有甲方的经验，她也想推荐给客户看看。一来，用这个候选人做一块敲门砖，看看甲方对人才画像各维度的原则和边界；二来，想尽快跟YOK的HR建立起联系；三来，内心也抱着幻想，刘先生确实很优秀，万一成功了呢……

米豆让荷叶整理简历报告，她做候选人面试结果分析报告，从经验、行业、产品、竞手产品、SWOT等分析。她一边写一边感叹，若是有甲方经验，那就完美了；没有甲方经验，即便那么优秀的候选人，在匹配度上也大打折扣。

做好一切准备，米豆找Enya汇报这个候选人的情况，想跟Enya商量，她有些拿不准是否要推荐。

Enya看到米豆准备的候选人报告和面试分析，惊喜之余，跟米豆的想法如出一辙：没甲方经验是硬伤。

"推吧！虽然成功的可能性很小，因为汪总本来就对战略推进忐忑不安，这哥们全是咨询背景，他项目经验虽多，但这些不足以打消汪总的顾虑。但是，推荐这个候选人也是在告诉YOK公司，人才寻猎的工作我们已经在推进，通过这个候选人跟YOK公司HR建立联系，了解一下过去一年HR视角的想法和看法。如果他们拒绝下一步的面谈，我想办法找个机会让这个候选人跟汪总聊聊，即便不录用，我觉得这个人的背景和经验也可以给汪总一些有价值的信息和建议。这样，我们对候选人也有个交代，便于我们建立长期的链接……"

米豆通过汪总的助理拿到YOK公司人力资源招聘对接人刘轰轰的电话和微信。打电话被挂断，米豆猜测此时应该不方便接听电话。她立马申请加微信。"您好！我是三智言语猎头合伙人米豆，很高兴认识您。负责跟您对接贵公司CSO岗位的招聘工作……"

好友申请发出去半小时没通过，一个小时、两个小时、五个小时……快到下班了依旧没通过。米豆再次拨通了电话。

"喂，哪里？"电话那头是一个声音低沉的男士。

米豆赶紧做了自我介绍，并跟对方说明目前有一个候选人想推荐，希望他评估一下是否有面谈的机会。

"刘先生，我听说这个岗位贵公司招聘了一段时间，我想跟您请教一下，这个岗位在交付过程中最大的困难是什么？或者您这边对于这个岗位的候选人有什么样的要求？"

"你们不是直接跟我们老板对接的吗，需求什么的应该都清楚了才对啊！"

米豆听出一股怪怪的味道，即使隔着电话都觉得有些尴尬。她调整了一下情绪，赶紧说道："刘先生，汪总那边是提供了这个岗位的定位和他的期望，我对这个岗位大致的要求有一定的了解。我想跟您了解一下实际操作过程中存在的问题，为了跟您这边更好配合，想了解一下您这边的工作要求。"

"我现在在开会，先加我微信，把你的问题点和刚才说的候选人简历发给我，我晚点回复你。"

"已经加您微信了，麻烦您通过一下。"

挂掉电话后，米豆复盘了跟刘轰轰接触的所有环节，她认为没有一点会导致他不愉快的地方，但是电话里听起来，他似乎有情绪。他本人就是这种性格，还是我们公司哪里做得不对？这可不是什么好事，因为在未来一段时间内，需要跟这位刘轰轰先生配合，如果刘轰轰对他们有啥意见，绝对会影响到工作交付。

米豆胡思乱想时，手机振动了一下，她赶紧拿起手机，刘轰轰通过了她的微信申请，并发了一个笑脸算是打招呼。

看到笑脸，米豆紧张的心情有了些许缓解，她礼貌打了招呼后，赶紧把想要了解关于 CSO 岗位招聘过程中的问题点、困难点及 HR 需要猎头配合的要求整理成问题清单发了出去。最后把刘必成的简历报告和面试评估报告也发给了刘先生。

刘先生回复了一个"收到"。

"您先忙，等您不忙的时候，期待与您做个电话沟通。"米豆答复道。

YOK 人力资源办公室，刘轰轰并没有在开会，他点开米豆发来的信息，然后又点开候选人简历报告及面试评估报告，大概看了十来分钟，尤其对面试评价报告比较感兴趣。看了这些内容，他并没有回复，而是去做其他工作了……

米豆团队的小伙伴经过多方资源联系上之前跟YOK合作的猎头公司，米豆让伙伴重点了解一下这位刘先生的风格。

猎头公司是乙方，客户是甲方，甲方具有先天的强势和优越感。在米豆这么多年的猎头生涯中，大部分公司的HR还是比较友好的，但是也存在不少招聘对接人"甲里甲气"。

晚上9：16，米豆直到下班也没等到刘轰轰的回复，她不禁叹了口气。小伙伴问怎么了，米豆把跟刘轰轰对接不顺畅的事情简单说了一下。

"不会又是那种错把自己当公主和王子的人吧，自以为公司老板是他的爹，公司是他家的？"小野说道。

"对公司有家的感觉很好，证明企业的企业文化不错。除非真是公司的公主或者王子，有可以傲娇或者嘚瑟的资本，但如果是个打工仔，一天牛哄哄的，那就过分了！"荷叶说道。

"人家是甲方的HR，就是拿捏你，怎么了！豆儿姐，赶紧让Enya疏通一下关系，不能因为这个点影响咱们对接工作啊！"麦琪补充道。

米豆安慰他们："也许他真的很忙呢，我们再等等……"

第二天，米豆一上班就给刘轰轰发微信询问刘必成简历筛选的结果，到了中午依旧没有回复，等到下午五点也没答复，米豆只能打电话。

"刘先生，您好！我是三智言语米豆，不好意思打扰您了。想问问您，我们推荐的候选人刘必成是否有下一步安排？"

"你们是三智言语公司？"

"是的，刘先生。"

"你应该是资深猎头啊，我们汪总应该把人才的关键要求跟你们讲了，完全不匹配需求啊！不否认这个人的背景很好，但是他没有甲方经验，这个岗位最关键的要求就是要有甲乙方工作经验。所以，你问我的意见，我都不知道要怎么回答你，你不用拿不符合要求的简历来试探，或者抱着侥幸心理说我们可能会安排面试，节约彼此的时间好不好！"

"刘先生，我跟您解释一下为什么会推荐这个候选人，您比较忙，之前一直没对接上。是这样，这个候选人确实如您所说，他没有甲方经验。我们推荐给您之前内部也做了评估，因为他的咨询经验非常丰富，尤其有A公司的咨询经验，A公司是贵公司的竞手，他对行业和产品非常熟悉。我们想双方是否有机会对专业和学术进行交流，他的经验是否对企业有用，所以就推荐过来。"米豆解释道。

"我们不需要这样的人，我们老板什么资源都有，我们也有合作的战略咨询公司。"

"好的，了解了。那您先忙，我们这边再继续推进。"

"米小姐，下次推荐人才请加强评估，我真的好忙！还有你问的问题，都在CSO JD中明确有写，我相信你能看懂！"

听到这里，米豆的手指不自觉弯曲，强忍着不爽挂了电话。

挂掉电话，米豆无比抓狂。虽然刘轰轰说的都是实话，但是语气显得那么刻薄和骄傲，米豆像是个初出茅庐的小白被职场大佬教训，教她做事儿，米豆有些脸红，怒气燃烧……

通过这次电话交流，米豆感到CSO岗位的交付难度更上一层，因为这个HR真的好难沟通，好强势。这个项目才刚开始，符合要求的候选人数量少之又少，又碰到个沟通不顺的HR，真是难上加难。米豆挫败感满满，她甚至让Enya重新评估这个岗位是否有必要接。

Enya听到米豆的汇报，眉头紧皱。

"我就搞不懂了，他有什么可傲娇的。难道不知道他现在所拥有的别人对他的客气、尊重、礼貌、笑脸等，都是公司平台给他的吗？离开

YOK 这个平台，他算哪棵葱哪头蒜？谁认识他！他都不知道跟他打招呼的这些人不管从经济实力、学历背景、家世背景比他优越多少倍。真是拿着鸡毛当令箭，真是个莫名其妙、没有自知之明的人……这种人连如何尊重人都不会，不用跟他一般计较，就这看人下菜的本领，职能上，他能走多远？不过你说得也对，如果跟这样的人对接，这个岗位八九不离十是交付不了……"Enya 一顿输出。

"麦琪已经调查出之前跟 YOK 合作的三家猎头公司，但是还没细聊，我让他们跟对方猎头约个饭，打听一下过去一年的对接情况。Enya，你也跟 YOK 的 HRD 互动一下，该打点的打点一下，我们不要求对方在工作上给我们任何优待，只求跟我们对接的时候 Nice 些，能正常交流和开展工作就行。拜托了，老板……"

米豆离开后，Enya 皱着眉头思考着。她约朋友林佑吃饭，想让她帮忙把刘必成推荐给汪总，不是面试，只是双方有个交流机会。Enya 想通过这个候选人跟汪总交流后，再仔细分析一下 CSO 岗位招聘的关键点。

米豆组办公室。

麦琪正在跟今天刚去 EYE 公司面试品牌总监的候选人胡先生沟通面试情况。

"说实话，我感觉他们老板对品牌运营这块的要求过于理论化，从头到尾都是拿国内外品牌管理理论知识让我论证，让我拿出项目例子说明，我感觉像在跟老教授讨论品牌管理。"胡先生的话语中有些情绪。

麦琪："胡先生，如果 EYE 公司的刘总精通品牌管理或者是个品牌专家，可能自己就把这摊子事情做了，或者招聘三四十万级别的品牌总监就好了。正是因为他的专业不在这个领域，不精通这个专业，才花重金聘请您这么优秀的专家合作呀！"

"你都不知道，他啥也不懂，思维混乱，逻辑凌乱，真的好难沟通。不懂得尊重他人，我还没表达完我的观点就不断打断我，感觉他很差劲。我不喜欢这样的人，一个外行还在我面前各种装……"胡先生越说越激动。

听到胡先生各种数落、抱怨EYE刘总，麦琪已经明白他的面试结果一定是未通过。虽然他的专业能力不错，但是通过这次电话交流，把他的抗压能力和情绪管理能力的弱点暴露出来了。

胡先生继续说道："你这边掌握的信息是不是有误，还跟我说这家公司的老板如何如何好，如何重视品牌，品牌管理基础好，公司怎么好等，我跟他们HR和老板聊过后，我感觉不咋地啊，老板很low。"

麦琪："胡先生，您先别激动。EYE公司我们已经合作了三年，候选人或者已经入职EYE的人对公司的评价都挺正向的，会不会今天的面试是采用了压力面试，跟您平日的沟通习惯不同？另外，EYE老板几十亿身家，员工2 000多人，没必要跟我们这些打工仔装这装那，您说对吧！找工作嘛，讲究彼此欣赏，才能相互成就。"

麦琪从他激动的言语中不难猜测，他的这次面谈要么在专业上受到挑战，要么在思维模式上受到挑战，要么在工作方式方法上受到挑战，要么在过往一直骄傲的业绩上受到挑战……麦琪差点没直接说，人家身家上亿的人在你眼里很low，你到底有几斤几两！

经过麦琪的沟通，谈话的结尾，胡先生慢慢冷静下来："EYE公司在业内确实还不错，虽然心里有不舒服的地方，虽然他们老板在品牌管理这块很弱，如果有机会的话，我还是愿意继续接触下去……"

挂了电话，麦琪首先复盘自己在面谈和前期评估的时候，对他性格中的这些点为什么没发现。面试维度和题目要做个修订！作为一个高级别的管理人员，除了专业能力外，最关键的点不应该是情绪管理、应变和适应能力吗？在这么高级别的岗位上，每天跟不同的人打交道，不是每一个沟通对象都会按照自己喜欢的方式去沟通，不是每一个人都会顾及、时刻照顾你的心情和喜好。如何在不利于自己，或者自己不喜欢的环境中调整自己，让大家回到舒适的沟通状态，这才是真正的本事和能力！

麦琪很肯定，EYE公司的面试，他一定没过。

呜呜，手机震动了，EYE公司HR发来的微信："Hi麦琪，今天面试的胡先生没有通过面试。专业能力确实不错，情绪不太稳定，沟通缺乏耐心，老板担心跨部门合作，所以不再继续推进了。麻烦你这边再继续帮我推人，感谢你的支持和配合！"

麦琪回复："收到，我们会持续推荐适合的候选人，谢谢！"

Enya办公室。

"接不？电子烟行业，500人左右，5个亿销售规模，招聘一个财务总监。"

米豆："薪酬包，薪酬福利有竞争力吗？"

"2万月薪，13个月，薪酬福利一般。"

"他们这个岗位是不是招聘很久了，一直找不到，然后才把希望寄托在猎头上？"

"你太聪明了，爱你！"

"不接。"

"Why？"

"五个亿销售规模，财务总监2万元钱，在深圳哦！目前成本经理、税务经理都要 2 万元左右的月薪，全盘财务经理才给 2 万！虽然我没见过客户，没有做任何沟通，但是我的分析绝对不会错。他们现在的面试状态一定处于焦灼的高不成低不就！你看，2 万月薪挡住了 90% 以上的财务总监候选人，剩下的就是小公司里面的财务总监，管理不规范，管理不系统。客户想要花 2 万块钱找一个既会日常财务管理，又能做税筹，还精通成本和资金的全才，你说能招聘到吗？"

"所以才找你们组啊！"

"Enya，我们现在手上人均三个岗位，都是难啃的骨头。你再搞这样的岗位，我没办法保证现在进行的岗位的交付！你看 CSO 岗位，HR 鸟都不鸟我们，怎么突破都不知道。你再搞这样的订单，我真会疯掉的！像这样的岗位，月薪 5 万怎么了？好的财务负责人，税收统筹、成本管控、各种补贴、预算合理并严格把控，把这些工作做好，这个人一年的工资都可以省了！这个客户最大的问题是老板没想通，他的思想出了问题，如此重要的一把手，该付多少钱都不知道。"

"这样，你抽个时间，我约这个公司的老板，你去他们公司实地拜访一下。就说是澄清招聘需求，然后想办法让他清楚财务总监的岗位价值及市场薪酬水平，如何？"

米豆无语了，只能白了 Enya 一眼。

"你知道的，这些订单我们尽量吃下去。这样，大家的收入才高嘛！" Enya 又在打感情牌。

米豆闭嘴，因为她知道 Enya 的性格，她从来不让别人拒绝她。她也深知 Enya 的立场，她是老板，当然想要做客户找上门的任何一单生意，一单都不放弃！所以，现在这种情况，米豆多说一个字都显得多余。

米豆回办公室的路上，做了深呼吸，因为不想自己的情绪影响到大伙，他们已经有很大工作量，心情再不愉快些，怕团队要散掉了。

米豆看看时间，还差十分钟有个CSO候选人电话沟通。

她把简历再从头到尾看了一遍，把想要确认的信息再确认了一遍。因为是高级别的岗位和高智商的候选人，米豆不敢有一点怠慢，要竭尽所能给彼此留下好印象，因此，准备工作非常必要和重要。

十分钟后，米豆给姜先生发微信确认是否方便沟通，得到答复后，她立马拨通电话。

"姜总，您好！我是微信上跟您约电话沟通的猎头顾问……"

米豆介绍了YOK公司及CSO岗位的招聘背景、岗位职责、要求及对应的薪酬福利。500万年薪的岗位，相信很多人都是有兴趣的，姜先生也不例外。姜先生本科C9，国外名校硕士，世界第一梯队咨询公司战略咨询4年左右经验，国内第一梯队战略咨询2年工作经验，X公司3年战略总监岗位，出于信息保密需求没有写明具体公司及工作内容。米豆需要确认他甲方工作经验的行业角色定位是否与YOK公司的需求相符。

大概半小时的沟通，米豆知道他目前在一家运动品牌公司做CSO。另外，他有两份工作时间不到一年的履历没有写在简历中，也就是说，从咨询公司出来后，在甲方的工作并不是那么顺利，目前还处于一种探索和适应中。

米豆："姜总，您在谈到咨询公司工作经历的时候，您非常的开心、自信和有成就感，谈到甲方工作的时候就没那种感觉。您有没有想过再回咨询公司上班，乙方的工作形式是否更适合您？"

这个问题问出来后，姜先生沉默了一会儿。

"喂，姜总，您能听到吗？"

"嗯！我是在想如何回答你这个问题。你的这个问题是在试探我吗？"

"试探？不是，不是，只是想了解您未来的职业战场规划。"

"如果我说我更喜欢乙方的工作，你是不是不会给我推荐这个工作？"

"怎么可能！我们是猎头，帮您解决工作，帮企业找到合适的人才，我们获得相应的报酬，实现三方共赢。您那么优秀，当然想帮您推荐一个适合您的工作啊！只是，我们在推荐前，需要了解您的经验、优劣势、期望等，才好做恰当的匹配呢！"

"那从刚才的沟通中，你觉得我跟这个岗位是否匹配？"

"好的，那我们一起分析一下。关于学历背景、咨询经验、项目经历、年龄，您这边是 A+；行业经验和产品经验 A+；竞争对手及产品研究相对弱一些，这个没关系，以您的学习能力，应该很快能弥补。最大的问题是相同行业甲方的工作经验，最近两份甲方工作经验的时间比较短，这点对您来说不利。"

"同意，您帮我约他们老板时间吧，我跟他聊聊。行业工作经验和最近换工作的问题我跟他解释，只要我有机会跟他沟通，我相信他一定会选择跟我合作。"

"姜总，我跟您说一下我们的招聘流程：得到您同意推荐后，我们会把您的简历推荐给企业，企业筛选简历，简历筛选通过后再安排面试。第一轮面试一般是 HRD 和一个业务副总，第一轮面试通过后才会推荐给老板。"

"你们什么猎头公司啊，这么高级别的岗位不能直接对接老板吗？跟 HR 有什么好聊的，他们又不懂！"姜先生颇有情绪地说道。

"姜总，每家公司都有自己的流程，我这边只负责具体执行工作的对接，老板层面是由我们公司负责人对接。"米豆礼貌且耐心地解释道。

"我是在给你建议。HR懂啥，只会拿着简历说这不行，那不行，什么换工作频繁，什么甲方经验不够，被他们这么一搅和，八成是没机会了，老板不知道损失多少优秀的人才呢！"

听这语气和调调，米豆估计这哥们应该被不少公司拒绝过，一心想着要亲自跟老板聊。

"谢谢您的建议，我会反馈给领导。"

"米女士，根据刚才的沟通，我觉得你不具备操盘这么高级别岗位的能力，很多东西都不懂，只是知道概念，这会给候选人留下很不好的印象！这么高级别的岗位就应该由你们老板亲自对接，这样也能省掉沟通时间和成本啊！"

听到这话，米豆突然感觉身上发热，脸红到耳根子了。

"谢谢您的建议，抱歉，让姜总有不好的沟通体验，我会加强业务能力提升。针对您刚才说的问题，我们会做内部工作检讨，看看如何才能更高效对接工作……"

"狂妄自大、自以为是、情商低的家伙，"米豆气呼呼地吐槽道。小伙伴们很少看到米豆这么评价候选人，都想知道发生了什么事情。虚荣心作祟，米豆都不好意思说候选人嫌弃她段位太低。结果很明显，把这个姜总的简历在系统中做了mark（标记）：学历背景、战略咨询经验、项目管理经验、行业研究……

结论：不推荐！

理由：成熟度不够，情绪不稳定，甲方经验达不到客户要求。

3月26日，星期二，晴。

一个优秀的候选人，一个能被猎头青睐、能让企业甘愿付出高薪的候选人，一个能从众多面试者中杀出重围、拔得头筹的候选人，不仅仅要有亮眼的基础条件、过硬的专业知识和经验，还要有普世认同的内在修养和价值观，如懂得尊重他人，做一个情绪稳定、和善待人、谦虚低调、机智敏捷的人，用期望被对待的态度去对待与你相处的人——哪怕对方是陌生人。

第三章　天狂必有雨，人狂必有祸

小野正在招聘的投资总监岗位，有一位不错的候选人，不管经验、行业、产品、个人综合素质都非常优秀。但是，他还没推荐给客户，原因令他头疼——候选人明确要求不跟HR聊。

候选人："我的需求就是不跟HR聊，直接跟业务聊，HR啥也不懂，聊起来很费劲。同样的问题在业务和HR这里要说两遍，浪费时间，我很讨厌这样。"

这种情况，小野只能寻求米豆的帮助。

米豆把简历和面试评价报告仔细看了，确实不错。米豆让小野跟候选人约时间，就说项目组长在候选人面试前都会做面试辅导，主要分享面试官面试特点及客户关注的重点问题。

电话沟通如期而至，米豆做了暖场，让沟通的氛围变得轻松些。

"李总，您好！K公司的面试分为三轮，最主要是业务面试官和CEO。业务面试官郝总有国内头部证券公司背景，工作风格严谨、务实，喜欢用实际案例举证，所以，您在面试前把简历中包含的项目经验再复盘一次，关注项目背景、目标、困难、采取的措施，以及这个成功项目中您的贡献、能力体现及能力提升等。郝总的面试基本都会围绕项目展开，通过项目去佐证您的能力。他对数据非常敏感，所以建议您复盘一下简历里面涉及的数据。这个岗位给LP（有限合伙人）管钱，如果对数据的逻辑及准确度不能阐述明白，基本没有通过的可能。另外，在双方交流的过程中，一定要先听清楚问题，然后再聚焦回答，他比较忙，不喜欢泛泛而谈，喜欢精准定位问题的关键及给出明确答复。

"公司 CEO 黄总，也是证券背景出生，华尔街金融经验，黄总的特点是非常健谈、喜欢表达，他面试的内容基本是围绕郝总的面试评价，他会挑一些自己感兴趣的点跟您确认，当您回答的时候，他可能会打断您，这个时候，您别介意，他会跟您分享他曾经的一些成功的项目经验，可能会让您提出这些项目的风险点及解题思路。他们的 HR 曾经跟我们分享，CEO 非常看重候选人聆听的能力，聆听中抓住关键点的能力，另外就是懂得尊重沟通对象，不管是什么人，都需要有尊重对方的意识和能力，因为这个岗位需要跟形形色色的人打交道，很多老板出生草根，没有那么多学识，有些老板行为和言语可能会比较粗鲁等，但不代表他们的项目不具有投资价值……

"您的经验非常丰富，综合能力非常优秀，那么多年的投资管理经历，相信面试一定很顺利。李总，您看还有其他需要了解的吗？"

"非常好，你们对这个公司很了解嘛！"

"我们合作了五年多，候选人面试结束后我们都会跟进，也会经常跟对方 HR 和业务领导沟通用人要求，慢慢就熟悉了。这些信息仅供参考，面试过程多变，您也要随机应变。"

"嗯！"

"对了，李总。K 公司的 HR 在拿到我们的推荐报告后会跟您约时间做个简单沟通，HR 这个层面主要是跟您了解简历中的基本信息、沟通表达、逻辑思维及职业发展诉求。掌握这些信息后，他们会评估是否安排给业务领导见。跟 HR 沟通是必须流程，跟 HR 沟通的时候，因为他们对您的专业只了解皮毛，问题会显得简单甚至您会觉得肤浅，如果想要拿下这个机会，您需要耐心应对，像对待尽职调查时的客户那样，给予对方足够的尊重和理解。其实跟 HR 沟通也是个不错的机会，您可以跟他们了解公司工作风格、文化、上班机制、绩效考核要求、组织氛围、薪酬福利政策等问题……"

"米女士，我想请教你一下，HR 怎么判断一个人的逻辑思维能力？"

"一般来讲，他们会给您一个开放的题目，比如，立足您目前的职业状态，您对未来的规划是什么？又或者，如果有机会加入公司，您计划如何开展您的工作？又或者，请教您过往团队管理中如何开展绩效考核工作或者激励下属等问题，看您回答的逻辑性、合理性和可操作性……"

"明白！"

"李总，温馨提示一下，HR 这关，决定着是否能继续推进后面的面试。所以，开局咱们得有个轻松、愉快的沟通，祝您面谈顺利……"

皆大欢喜，候选人终于同意跟 HR 交流。

米豆团队会议室。

小伙伴们使出浑身解数，终于整理好之前与 YOK 对接的三家猎头公司的情况，还有跟 YOK 招聘对接人刘轰轰对接的情况。

CSO 岗位，三家猎头公司招聘将近一年，他们气馁了，甚至有些气愤。根据了解到的信息，订单未交付最关键的是反馈机制：首先，这个过程中不乏优秀的候选人，但是 YOK 的领导反馈很慢，催促 HR 给答复，但是迟迟不做决定。当 HR 想要复试的时候，候选人要么已经找到工作，要么主动不看这个机会，因为担心入职后低效的决策机制会影响他们工作开展和成就感，毕竟这些候选人都是行业精英，在人才池的顶端，他们不缺工作机会，只是需要做选择而已，选择这家，还是选择那家。其次，几家猎头公司都在怀疑这个岗位招聘的真实性，招聘时间越长，各家猎头公司怀疑越重，投入这个岗位的时间就越少，推荐候选人的速度、质量都受到影响。再次，猎头与 HR 对接不顺畅，米豆还以为刘轰轰只是对她是这态度，从了解的情况来看，他对其他猎头公司亦是如此，一个简历报告发出去，往往追问三四次，甚至五六次都不回答，要么简单粗暴地说候选人不合适，更别说与猎头公司商量如果解决招聘过程中存在的问题，如何高效解决招聘中遇到的困难等。

以上 3 个因素叠加在一起，慢慢消磨了猎头公司交单的热情和激情，自然没有结果。YOK 公司老板对海外扩张战略本处于谨慎甚至有些不确定的心理状态，对于猎头公司推荐人才的速度和质量，还有自己员工的工作效率，加重了他内心深处的不安全感，导致他无法做出选择。

米豆将团队获得的情报跟 Enya 沟通，并告诉她，如果让 YOK 换一个有责任心的招聘对接人，在招聘需求真实的情况下，她可以保证交付这个订单……

Enya 最喜欢听到这样的战斗声音，她是个实干家，也是个行动派，知道团队的困难点和需要的支持。她开始研究解决对策，然后约了她的朋友林佑。

三天后的下午，米豆正在网上回复候选人的问题，有一个陌生电话打过来。

"喂，你好！请问是三智言语的米女士吗？"

"是的，请问您是哪位？"

"你好，我是 YOK 的高级招聘专员王元满，Juno。CSO 岗位的招聘，后期由我来对接你……"

听到这里，米豆脸上的表情肌不由自主地跳动起来，一副阳光明媚的幸福感。她赶紧打招呼，并且把她团队的情况跟 Juno 做了介绍。Juno 说她刚接受任务，需要了解一下这个岗位之前的招聘情况和招聘困难，然后再约米豆的时间详聊。挂掉电话，米豆收到微信好友添加申请，是 Juno，她赶紧加上微信。

更换招聘对接人，比找到一个合适的候选人还开心。只要 Juno 用正常的工作责任心对接这个岗位的招聘，她就有信心；如果 Juno 是个责任心强、职业化程度高的资深招聘，那结果就更完美了。

"老板，汇报一下，YOK 公司更换了招聘对接人！你真牛，请允许我献上膝盖！"米豆给 Enya 发了微信。

Enya 正在对接客户，她简单回复了一句："剩下的就看你了！"

米豆把刘必成的简历从头到尾再仔细看了一遍，还有她写的面试报告，不知道 Enya 推进他跟汪总见面有什么进展了。如果能见一面就好了。一来，实现刘必成先生和汪总见上一面的诉求；二来，她也想通过刘必成与汪总的见面了解这个岗位更细的需求，汪总内心最迫切需要解决的问题，岗位任职要求是否有一定的弹性，汪总的管理风格和对候选人硬件、软件条件等更细的要求。尽管她知道刘必成面试成功的可能性只有 40%，但是，她需要突破口……

荷叶看着手上彭先生的简历，很是激动，因为与岗位 JD（特定岗位描述）匹配起来，堪称完美。这是她负责的生产总监岗位，已经开展了半个月，从简历上看，这个候选人就是这个岗位的终结者。

按照预约的时间，荷叶拨通了电话。

荷叶把公司背景、岗位基本信息及薪酬福利待遇等给候选人做了详细的介绍。

"请问这个岗位向谁汇报？"

"向 Operation VP（业务副总）汇报。"

"他们的 VP 是叫 Ben 吗？"

您认识 Ben？听到这里，荷叶更加激动了。如果经验背景符合客户的需要，又是熟悉的人，那成功的几率不是更高了。

"认识，老熟人了。之前在好几个论坛上见过面，也听他讲过课，是很有魅力、学识和经验的人。"

荷叶更加激动，他对这个可能的领导给予了高度评价，如果有机会合作，有利于他们后期的配合，加速候选人的工作环境适应。

因为是同行业关系，所以候选人对客户的组织架构、组织人员及工作风格都很清楚，荷叶与他沟通差不多一个半小时，他有三十分钟都在说客户的事情和人物。荷叶确认了他的工作履历、过往工作内容、擅长的管理内容及对新工作组织氛围、工厂场景、薪酬福利等的内容后，综合评估下来可以推荐给客户。挂完电话，荷叶总觉得这个候选人有哪儿不对劲，全身的血脉不是 100% 通畅，感觉哪儿堵塞了一般，但是可以推荐给客户。

果然，候选人的简历被筛选通过，顺利安排了初试。鉴于电话沟通的感受，荷叶委婉地发了条温馨提示："彭先生，您好！鉴于过往候选人面试经验，在面试的过程中，建议紧紧围绕面试题目开展，适当拓展即可，不能偏题太远，否则会影响面试结果，祝面谈顺利！"

"放心吧，我又不是三岁小孩，那么多年职场经验，这是沟通的基本要求！"

荷叶看到彭先生的微信，感觉自己的担心有点多余，她赶紧补了条微信："是我多虑了，您都是这个行业的专家了，自信、大方、从容表达自己即可。祝面试顺利，期待您的好消息！"

确保候选人开始面试后，荷叶不停看时间，期望值拉满。

一个半小时后，荷叶给对接的HR发了条微信，问她面试是否结束？得到一个振奋人心的答复：业务VP今天恰好有时间，正在进行第二轮的复试，面试官是HRD和业务VP。

"熊猫烧香，天灵灵、地灵灵，期望能拿下这个offer！"荷叶顺手在桌上拿起三支笔开始滑稽地熊猫烧香。

"淡定，淡定，你这样会惹神仙不高兴的，你懂的！"小野打趣道。

荷叶心情倍爽地投入到其他岗位的sourcing工作中。

两个小时后，荷叶手机振动了，她赶紧拿起来看。

"荷小姐，面试结束了，感觉不错，谢谢你了！"彭先生的微信。

荷叶确认可以通电话后给他去了电话，了解并记下客广面试中的问题和关心的点，整个过程都很顺利。荷叶让他等消息，有面试结果后第一时间通知她。

荷叶给HR发了信息："杨女士，彭先生这边已经面试完了，麻烦您跟进一下面试结果，感谢！"

"正在跟Ben沟通，稍等……"

半小时后，杨女士给荷叶打电话。

"荷叶美眉，这个候选人好可惜啊！"

听到这句话，荷叶的心猛地收缩了一下，一种不祥的预感扑面而来。

"这个候选人真的好奇怪，一点都不职业。他跟Ben面试的时候就谈他们之前在某个论坛上的事情，各种夸奖Ben。我们HRD不停用问题打断他，想把他拉回正题上，但是拦不住啊！你懂不！他还不停地说还认识我们公司谁谁谁……Ben最讨厌组织里搞小团队，小派系啥的，撞枪口上了。我听我们HRD说，他把Ben夸奖得都有点难为情了……专业能力上没问题，但是 Ben 担心他的风格跟团队不匹配。Ben 不喜欢擅长向上管理的人，这些不职业的行为会让他以后面临困境或者给团队带来麻烦。我们团队比较简单，大家都奔着目标去的……抱歉哈，只能麻烦你再推荐其他候选人了！"

听到这里，荷叶顿感无语，候选人说自己都是职场老人了，不用担心！怎么想的？面试的时候去跟别人攀感情，那可是陌生人，是决定你能否拿到 offer 的陌生人，回答问题、表达意见都要小心谨慎的陌生人，搞得别人跟你很熟，搞得像去追星一般，这是啥玩意儿！无语啊！荷叶也自责不已，因为对候选人太过信任，评估了他不需要做太多的面试辅导，不需要特别强调面试的大忌。哎，心碎了一地……

YOK 公司。

米豆约了王元满女士，一是相互认识，便于后期开展工作；二是米豆做了 CSO 岗位交付计划，想要跟她过一下计划，看看她有什么具体的需求，力求能快速保质保量交付订单；三是 Enya 让米豆也跟王元满说说刘必成的事情。

王元满是个非常有活力的女孩子，27 岁，工作 6 年，虽然年龄不大，经验不丰富，但是待人接物有家教和涵养，待人随和，脸上总是挂着笑容，让人感到很舒适。

看了米豆的交付计划，王元满很满意，还夸奖米豆团队专业。

"接到这个岗位的招聘后，我了解了过去一年这个岗位招聘的一些问题，概括来讲主要是 3 点。第一，老板对人选综合能力还是不满意，候选人的数量和推介的节奏没法让老板有一个连续性判断，基本是一个月推荐两三人。第二，这个岗位的定位及业绩要求其实还处于探索阶段，但是这个人是一定要招聘的，尤其是现在这个节点，老板和股东们对公司出海发展已经想得非常透彻，也做了严密的可行性分析。第三，这也是我们的问题，我们跟猎头朋友的对接不是那么顺畅，面试安排及结果反馈时间都比较长，这一点请你放心，我们 HRD 已经在内部做了工作要求，也很严厉地批评了，我们……"王元满把对接这个岗位后掌握的信息跟米豆分享，米豆很感谢她的开诚布公。

米豆把刘必成先生的简历递给王元满，把他的情况做了详细描述，明确他不是最佳候选人，但是他的经验值得老板抽时间跟他做个沟通，便于双方进一步厘清招聘要求。

王元满看了刘必成简历和米豆做的候选人分析报告，惊喜中又充满遗憾，她同意米豆的观点。虽然他没有甲方经验，但是，他的咨询经验和项目经验及对这个行业的熟悉程度等都值得老板跟他聊一聊，经验如此丰富的人还是免费聊，太值了。

米豆坚信，汪总看到刘必成的履历，想跟他当面做个交流的可能性非常大……

回到办公室，米豆一直在等王元满的信息，快下班的时候，王元满打电话过来。

"米女士，我们汪总看了刘必成先生的履历和你们做的分析报告，很想跟刘先生交流一下，看看有没有合作的机会。我们老板这周在出差，下周二回深圳，看看能不能协调一下刘先生的时间，周三下午 4 点或者周四上午 8:30，方便来公司一趟吗？……"

挂掉电话，米豆心情很好，因为她的预判是正确的。她判定这个订单可交付性更高了。

"小野，我准备去一趟上海见见这位刘必成先生，你帮我约一下他的时间，然后帮我订一下机票。"米豆安排下属。

米豆作为团队负责人，她不仅要做好内部招聘岗位的分配，协助小伙伴做客户及岗位分析，面试维度及面试题设计，招聘策略制定和推给客户前候选人的面试辅导等，她自己也要带岗位，自己做 sourcing，遇到重要的候选人需要出差跟候选人细聊。她像个小太阳，照着团队的三个小伙伴。小伙伴们也受到米豆的影响，虽然知道很难，但是从来不放弃，一步一步稳扎稳打，想尽办法找到最优秀的候选人，从不放弃推荐新的候选人，除非米豆告诉他们放弃这个订单。团队相互打气，燃烧着激情，力争快速交付。

跟 Enya 汇报情况后，Enya 让她尽快去上海，希望好好利用这次面谈的机会拿到他们想要的信息。

"对了，老板，我想问问你是怎么搞定 YOK 公司刘轰轰先生的？"

Enya："我跟林佑吃饭，她问我汪总那边岗位的招聘情况，我就跟她抱怨了一下刘轰轰先生，如实跟他说了目前工作开展的困难点，也提出了我们的期望，最后的结果就这样了。"

"你的闺蜜真乃神人也！她跟汪总到底什么关系？仅仅是合作伙伴？"

"据说是亲戚，阿佑会提供很多管理意见给汪总。"

"谁也无意伤害谁，也许这位刘轰轰离开这个岗位是好事儿，我觉得他不适合做招聘，因为从他和供应商对接的态度来看，他是一个是非观不明确，价值观和工作态度有问题，过度强调在双方交流中权力地位的人，这样的人怎么能理性去判断和评价候选人呢！真搞不懂，明明自己也是一个打工仔，在东家的平台上谋生，偏偏搞得自己像是 YOK 的少东家一样，自己几斤几两，心里没点数吗？搞笑……"

米豆从 Enya 办公室回来，便在办公室门口听到小野气愤地抱怨着什么，米豆问他怎么了？

"豆儿姐，咱这工作有时候真卑微，我们在拼命帮助候选人争取工作机会，争取好的公司，好的岗位，好的 offer，帮他们做风险评估，但是，有些候选人就是高傲和傲娇得不行，气死我了！你看这个美女士，给她发微信从来不回，打电话也不接，客户那边又催着我们安排终试，怎么办呀？"

"这么狂吗？还有其他候选人没？非她不可？"

"那倒不是！"

"她可能不想换工作吧。如果有其他候选人，把机会给到需要的人，你综合评估一下！"

小野把最终进入终试的三个人做了排序，再次电话和微信联系美女士，依旧联系不上，他决定不再推荐她，把这个机会给了另外两个态度积极的人。

一个星期后，美女士回小野电话："请问这个终试安排在什么时候？"

听到这里，小野内心轻哼了一声："美女士，因为电话和微信一直联系不上您，客户认为您对岗位意愿度不高，录用了其他候选人。后期有合适的机会，再给您推荐！"

"什么？你怎么不多打几次电话呢？"美女士在电话里面大叫道。

"您可以看看我给您发了十几条微信，电话打了十几个呢。您知道吗，客户特别想录用您，您的背景和经验与他们的岗位特别匹配，让我想办法一定要联系上您，但是怎么都联系不上，真是可惜了！"

"那你再跟他们聊一下，看看还有机会没？"

"没机会了，因为他们已经给另一个候选人发 offer 了。"

"你再试一下嘛，我的经验和背景，说不定他们会考虑？"

"好的，我想跟您确认一下，之前十几个电话和微信您都没回复，请问是什么原因呢？"

"不好意思，我们领导一直在挽留我，我其实有点动摇。"

"那现在是决定了吗？"

"是的，老板太没诚意，想要挽留也不提升职又不提加薪，不跟他玩了！"

"我可以理解为您是拿着客户跟您谈的 offer 和您现在的老板谈条件，但是条件没谈拢，最后还是决定离职是吗？"

"可以这样理解吧！"

"美女士，您在考虑的这段时间里，其实不影响您回复我信息，如果我们俩能沟通上，或许我从第三者的角度给您些建议，也不至于现在如此被动。"

"我很忙的！"美女士有些不耐烦。

"好的，那我跟客户对接一下，然后回复您！"

挂掉电话后，小野跟同事吐槽这位女士的傲慢和无礼。同事问他是否还给客户推荐。

"No! 不懂得尊重别人的人，不值得被尊重和爱护。任你再优秀，连基本的为人处世都不懂，我为什么要给她推荐工作机会。机会只给有准备、懂得珍惜、懂得相互尊重和理解的人。我就不推荐，怎么了！"

约莫半小时后，小野给美女士回微信："美女士，跟客户确认了，已经录用了人选，不再考虑您，只能等下一次机会了，请知悉！"

上海。

米豆微信："刘先生，你好！我在上海出差，晚上下班后方便喝杯咖啡吗？跟您聊聊 YOK 公司 CSO 工作机会。"

"你在上海？"

"是的，我们这边有个项目。想着您恰好在上海，如果方便的话，想拜访您一下。"

"当然可以。"

4月17日，星期三，阴。

这些天的工作让我感受颇多，没有收获，更多是失败后的教训和对我管理工作没做好的自责。可惜团队没做好面试辅导和跟进，可惜终试候选人在不了解对方喜好的情况下就一味攀扯关系，犯了职场大忌。面试可不是朋友间的敞亮谈话，不需要表忠心，不需要奉承，不需要投其所好……需要你客观陈述工作经历，突出个人能力与岗位的匹配度，恰当展现个人成熟度和期望，精准回答面试官的问题，根据沟通的节奏和面试官进行恰当地互动，因为那是面试，不是吹牛，你的一言一行都会被作为面试评价的依据……

CSO 的岗位招聘很难，哪怕有一点光，我也会为此拼尽全力。最坏的结果是失败，但是前进的道路别有一番风景，也许是苦味道，我甘之如饴，因为那是希望的光。

第四章 虚已者,进德之基

刘必成在世界排名前四的战略咨询公司做了13年的咨询，一直想找机会转甲方，却一直没找到合适的机会。主要是大多数机会的薪酬达不到他的需求，不管是朋友圈层介绍还是猎头推荐，薪酬几乎都比自己现在的低，且低很多。

虽然YOK的CSO岗位薪酬待遇比现在也低些，但是这个岗位的工作内容他比较感兴趣，基于国内基础打海外市场，是他想要做的事情，可以把自己多年的咨询经验发挥到极致，即便固薪部分比现在还低，他也有很强的意愿。所以，即便晚上有会，他也想跟米豆见个面。

"我晚上开会到九点左右，这样你方便吗？"

米豆："真是太好了，我这边也要八点半左右才结束。我时间比您充裕，我去找您，在您公司附近见面聊聊就好。"

刘必成是东北人，还没吃晚饭。米豆提早一小时去他提供的地址附近找了家东北菜馆，点了几个经典的菜等待。

刘必成会议结束立马赶过去，看到米豆选的餐厅和点的菜品，再看看米豆大气随和的性格，又是个气质美女，顿时拉近了彼此的距离，感到一种莫名的亲切感。

边吃边聊，聊刘必成家乡及美食，聊上海及美食，聊他的留学经历……在这种轻松愉快的氛围中，米豆了解了他的性格特点、喜好、优缺点、朋友圈层、工作现状、期望及成就动机等。

见面沟通后，米豆对刘必成有了更深入的了解和认识。他是妥妥的学霸。他的家境并不富裕，想去留学，但是怕给父母加重经济压力，父亲从他朋友那儿知道这件事情后，只提了一个要求，留学学到本事后一定要回国。父母咬紧牙关，借钱给他筹齐了留学费用。到国外后他边工边读，再没向父母伸手要钱。一边是繁重的学业，一边是学费和生活费的压力，他一个人紧咬牙关扛下一切。命运一定不会辜负全力以赴、积极向上、自律自强、自信阳光的人。毕业后入职贝恩，六年后他回了国内贝恩，然后一直在咨询领域里面不断打磨自己。他的努力自然也得到薪资上的回馈，他本可以安于现状舒服度日，但是一直努力的他却停不下来，一直想找甲方的机会突破和挑战自己，在战略管理这个领域实践自己独特的管理理念……

他和米豆一起分析了自己的短板。米豆把她了解到的关于 YOK 设置这个岗位的目的及这个岗位需要解决的问题、老板的顾虑等分享给他，一起制定吸引老板的知识点，力争面谈顺利。刘必成计划针对 YOK 汪总目前的顾虑系统制定解决方案，期待在面谈的时候能用他的方案打消老板的顾虑，或者说让他觉得怎么做可以将风险降到最低……

聊完差不多十一点了，米豆把从深圳带的伴手礼送上。米豆周全的考虑、待人接物的细节处处显出适宜和修养，给刘必成留下很好的印象。

送走刘必成，她独自走在上海依旧热闹的街头，心中思绪难平。她一直以来觉得自己能力还不错，算是比较优秀的人，但是与刘必成这样的大神比起来，顿时觉得自己弱爆了，真正感受到年薪五百万以上的人才不是一般地优秀……

学霸体质，并没有因为自己的高智商沾沾自喜和傲娇自满，而是更加努力、自律、自强，让自己变得更加优秀。跟他沟通，感到他缜密的思维，严谨的逻辑，处处透出文化和才华，在自己的专业领域专业且具有革新和突破意识，立足事实，不断探寻战略管理的底层逻辑和实践效果，为了自成一派不断实践和打磨。他的思想和意识不是守旧而是创新，总能吸引和让人惊讶。不开口说话，他是一个普通得不能再普通的人，一说到专业领域，整个人像阳光下的钻石耀眼夺目……真正优秀的人之所以与众不同，在于一直有颗空杯的心，自律地学习和填充自己，让认知一层层不断叠实现量变到质变的突破，看到、想到和说出别人不知道的东西，创造一般人不能创造的价值……

荷叶看到微信，像是被什么弹到脑袋，突然宕机一般。她反复看了EYE公司HRD张笑发来的内容，没错，没错，没错！

张笑："荷叶美眉，下午好！关于我公司委托贵公司帮忙招聘的品牌总监岗位，因公司内部架构和职能调整，暂停招聘，请知悉！非常抱歉，也特别感谢你这么长时间的支持和配合，期待下次合作！"

"啊啊啊……"

荷叶发狂地吼叫着，握拳捶打着桌面，嘴里悲怆地感叹着："我的8个月时间，我的精力，我的青春，我的付出，我的热情啊，都被狗吃了呀，苍天啊，大地啊，天理呢！什么叫组织调整，什么叫职能调整，这么重要的岗位，这么正规的公司，这么厉害的老板，神经病啊！就这么简单和轻飘的一句话打发了我们8个多月的时间吗？什么人啊！"荷叶被气疯了。

荷叶的遭遇的确很惨，但是作为猎头，遇到客户调整招聘岗位很正常，只是这个岗位招聘的时间太长，投入的精力太多，被告知时，肯定是难过的。

小野："来吧，下赌注。第一，这家公司用了其他猎头公司推荐的人或者内部推荐的人。第二，确实如 HR 所说，内部组织和架构调整暂停招聘。"

麦琪："我赌第二个，主要是照顾荷叶的情绪，哈哈……"

"你们两个没心肝的人，我都这样了，你们怎么还给我撒盐呢……"

小野："有什么可生气的，我觉得张笑这会儿心里也忐忑，毕竟忽悠你 8 个多月的时间，她的内心应该也不好受。你可以大骂她和她的老板，让她眼皮跳个不停，或者来个熊猫烧香，让她今晚尿床。"

"哈哈哈……"

办公室满是含着泪和怨恨的笑骂声，荷叶眼中笑出了泪水，她是真难受！

EYE 人力资源办公室。

"猎头公司肯定恨死我们了，现在一定在骂咱们，我眼皮一直跳个不停。"张笑的下属说道。

"我也没办法啊，老板的决定，他见了那么多候选人，又不想付这笔猎头费，最终决定内部转调，我能怎么样。猎头公司真的要骂也是应该的，不然也太蠢了，跟了 8 个多月，其他猎头公司早不跟了。他们以为他们的诚信能感动老板，实际上鬼用都没有。他们对客户的实际情况没有充分了解，不会预判行为和结果，自己蠢，能怪谁！"张笑一边整理办公桌，一边说道。

听到她的话，下属有点懵，不知道是对还是错，只能不自然地笑了笑，然后低头做事……

Enya 非常喜欢乒乓球比赛，喜欢那种拼搏的精神：球不落地，决不放弃的精神！

这个精神一直影响着她，经营企业也是如此。

只要企业不停招，猎头就不放弃，再难也不放弃！为了保证猎手们的业绩和不做无用功，她会严谨地做招聘需求真实性评估。EYE 的老板她也认识，从整个交流对接中从未有一点不想花猎头费的想法，毕竟是这么大的一家公司，这一点是 Enya 风险评估中最小的因素，可惜，最小的风险变成了失败的最根本原因。

Enya 要是知道，她坚持和奉行的决不放弃的工作精神被别人认为是认不清楚情势、不懂得灵活应变的愚蠢行为，她估计得气吐血！

米豆出差回来听说了品牌总监暂停招聘的事情，她也蒙圈和失落了，即便心理有些准备，依旧被一层厚厚的阴霾覆盖着。但她不敢在大家面前表现出来，怕荷叶更加难受，毕竟是她付出那么多精力和时间的岗位，每天不停做 sourcing，以及面试、推荐、跟进，最终的结果却是这样，她一定难受极了。

米豆找 Enya 汇报上海出差的情况和 EYE 品牌总监停招的事情。

"停招？不可能吧！ EYE 找了一家咨询公司做内部管理效率提升，2 个月前才定下的组织架构，又调整，不可能！" Enya 皱眉难以置信地说道。

米豆让 Enya 确认一下内部情况，Enya 立马拿起电话拨了出去，免提。

"没有外招，我们内部转调的。"

"内部转调，品牌管理他懂吗？能力怎么样？"

"是老板比较信任和赏识、公司重点培养的人，但毕竟不是科班出身，结果怎么样，还不知道……"

听到这里，米豆觉得无语："HR为什么要说谎呢！直接说内部解决不好吗？"

"他们可能怕你们难受呗！善意的谎言。我想办法打听一下这个人的背景，按照刘总之前的要求，这个人必须是一个非常厉害的专业型选手才行，说不定还有希望！"

"老板，你顺便打听一下这个刘总的风格，有没有可能是不想用猎头招聘渠道，我感觉他的行为和目前的结果来看，有点这个意思。如果是这样，那攻克的方向得做个调整。"

Enya答应了米豆的诉求。

米豆回到办公室告诉团队，Enya已经打电话确认，EYE内部的组织架构确实在调整，他们从内部转调一个人兼做品牌，非科班出生，别气馁，说不定还有机会。荷叶持续跟进和稳住之前推荐的排前五的候选人，如果那个人不适合，我们就立马上……

米豆不想团队的工作士气和作战状态受到影响，所以半真半假说明了情况。但是对于品牌总监是否重启，她也没把握，只能按照不放弃的原则操作了。

小野拿着一份简历寻求米豆的帮助，是他主要负责的ACD研发专家岗位。米豆仔细看了看简历，学历、行业经验、项目经验等方面确实很匹配，唯一的缺点就是毕业后一直在这家公司工作，一干就是15年，稳定得有点过分！

小野告诉米豆沟通了3次都没说动他，但是太合适，几乎是给客户量身定制一般，他不想放弃。

"什么渠道获取的简历？"

"我们库里，一年前联系过。豆儿姐，看看还有救没？"

"在一家企业做了15年，我估计他想做到退休。他已经适应了那个环境，害怕外面的环境，担心自己适应不了！"

"他说他带了公司级重要的项目，暂时走不了！"

"也就是说，他心里还是有些想法喽！他愿意跟你聊，应该还是有突破口的，只是不坚定而已！"

"我也有这种感觉。豆儿姐，这个人选真的很合适，帮帮我吧，看看有没有办法突破。"

"你先做个系统分析，包括新机会的职业发展空间（与之前的不同之处，能让他动心的点）、现工作岗位未来的风险、新工作的稳定性、薪酬福利、领导风格、组织氛围、文化适应等，按照马斯洛需求层次理论进行全维度分析，用新机会对比现在的，先找到突破口……"

麦琪正在跟CZ公司的招聘对接人打电话，她负责招聘的供应链高级经理今天终试，她正在跟HR沟通面试情况。

"麦琪，李先生今天的面试情况不太好。我感觉他飘了。"

麦琪大惊："怎么说？咋……咋飘了？"

"我们面试三轮，又按照他的要求安排了一轮答疑。他可能认为我们非他不可，面试的时候有点傲娇。比如，他跟我们HRD说，根据他几轮的面试情况对岗位职责和要求的理解，这是一个总监职责，认为我们公司岗位职责有问题，如果岗位不调整到总监，岗位职责和工作压力大，他的期望薪酬希望涨幅60%。他的要求被拒绝后，他又说如果他一年内把公司目前供应链管理整顿到公司期望的高度，薪酬是否可以上调50%。我们HRD很坦诚地跟他分享公司供应链管理的现状，他的表现可以用夸张来形容，他竟然，说这样低级的问题怎么可能会存在……最后，他提的问题跟岗位格局特别不相符，他问我们公司年假多少天，得到答复后，他说他以前公司年假 20 天，你们就不能 20 天吗？说到这里，我们 HRD 就没兴趣再聊下去了！"

麦琪听到这里都震惊了，这个候选人太不懂事儿了，不是一个高级经理该有的格局啊！本来客户已经决定录用他，但是候选人说他对岗位和工作内容有些疑问，想跟业务领导或者 HR 再沟通一下。麦琪听到候选人的诉求，建议他电话沟通一次，但他希望当面聊，麦琪认为他复合岗位严谨度的要求，心中大喜，于是说服 HR 安排了这次答疑。

对于答疑这个事情麦琪跟米豆汇报过，米豆让麦琪跟候选人沟通，让他整理一个问题清单，看看哪些问题需要 HR 回答，哪些问题需要业务回答，提前发给客户做准备。麦琪表面答应了，但是，她认为完全没必要，面试都到这个程度了，又是职场老人，完全可以让他们自由交流，所以没按照米豆的建议去做。

这下可好了，不仅煮熟的鸭子飞了，还没执行米豆的工作要求。

米豆听到麦琪的汇报，并没有指责她，只是跟她说："你的敏感度不够，危机意识也不够。虽然对方决定录用他，当候选人提出需要进一步沟通的需求，又不肯电话沟通，一定要现场面谈，那就意味着他自己又要求给自己安排了一次面试。既然是面试，肯定存在着评估，候选人如此郑重其事要求安排的面试，难道你对他想问什么不感兴趣吗？难道心里没有一点担忧，万一问了啥不得体或不恰当的问题怎么办？他是去见 HRD，万一他问的问题 HRD 回答不了，还要再协调一次业务沟通吗？"

这些问题让麦琪的脸烧得滚烫！自己确实没有这样的敏感性，甚至觉得这些工作没必要，只会徒增工作量，结果就是计划录用的候选人被直接 fail 掉，得重新启动招聘，悔得肠子全青了。

米豆看到红着脸的麦琪继续道："不过也好，这样一来，恰好证明了这个候选人专业能力胜任，但是与客户公司的文化不匹配，成熟度和职业性不够，提前规避了保证期的问题。继续加油吧！"

小野搭话："豆儿姐，提前干预一下也许可以成单哈？"

"有可能，至少别反问客户年假的问题吧。这个是什么问题，企业的规章制度岂会因为你一个新人去调整，太自以为是，太掉价了！另外，要懂得什么叫尊重和立场，企业的岗位设置和定位不是一个面试者去置喙的，不合时宜啊！他这些骚操作，其实我觉得他是想通过炫技去争取更高的offer，可惜不仅用力不当，还用力过猛，适得其反，让HR反感！"

"分寸，分寸，分寸呀……"

"可以把这个案子当做一个面试辅导的事例，论述什么叫分寸。"

"麦琪该难受了，一个不小心，几万块就没了啊，可惜，可惜了！"荷叶打趣道。

"麦琪，做个复盘报告吧。自我反思的同时，也让大家学习学习！"

经历品牌总监停招、供应链高级经理终试失败，虽然Enya没有指责她，作为团队负责人的米豆看着小伙伴每天兢兢业业地工作，却在胜利边缘就这么倒下了，她心里有些不是滋味，怪自己没把控好风险。

复盘，复盘，复盘，她要找到解决办法……

米豆打开目前运行的职位清单：团队4个人，目前跟进9个岗位，CSO、品牌总监、供应链高级经理、ACD专家、工研所所长、人力资源总监、销售总监、数字化中心负责人，每个人手上两个岗位，米豆三个岗位。

品牌总监，客户虽然自己内部做了安排，但是存在候选人不胜任的可能，米豆基于客户对这个候选人的高要求，不是一个随机或者随便的人可以胜任，重启的可能性还是比较高的。这个订单没有交付，不是自己团队的专业性和努力不够，而是对客户实际情况不了解，对对方动态把握不清，所以一直处于黑暗中前进的状态。对方调整了需求，自己都不清楚，没有办法提前干预。

知己知彼，知己知彼，太重要了！

她对所有岗位做了复盘，将客户招聘需求的真实性、内部对岗位的定位、老板的风格、HRD 的风格、业务面试官风格等，作为自己主要的工作内容，从源头上给小伙伴们把控好风险，过程中做好跟进和辅导……

米豆决定在维持现有工作节奏的情况下，把 CSO 岗位作为重点交付岗位，团队协同岗位，即三个小伙伴除了负责自己的岗位外，每人每天至少投入 1.5 小时来做 sourcing 支援米豆，米豆负责简历审核和沟通。

为了确保不同时间段活跃候选人都能被遇到，麦琪负责早上时段的 sourcing，小野和荷叶负责下午时段，米豆负责晚上时段。

做了详细复盘，内部开会讨论后，各自投入工作。

"您好！您的经验和背景与客户的需求存在一定差距，我帮您留意其他机会，适合的推荐给您！"

米豆礼貌回复了一位做 CEO 助理的候选人。他投递 CSO 岗位，他是做项目管理出身，最近五年从事 CEO 助理工作，有涉及协助 CEO 制定公司发展战略及落实相关工作，但是与 YOK 公司需要的 CSO 存在差距，而且差距还不是一点点。

"你有仔细看我的简历吗？"

"有仔细看，与战略相关工作经验是最近 5 年，是您工作的一部分，没有直接负责战略部门的工作，对吧？"

"简历上没写我兼管战略部吗？"

听到这里，米豆一惊，难道自己没仔细看简历？米豆赶紧再快速扫了一遍简历，并没有看到这个内容，米豆再次跟他确认。

"网上的简历不是我的最新简历，你加我微信，我发你！"

米豆看他发过来的简历，正如候选人所说是兼管，下属3个人。米豆根据他提供的简历跟他确认了几个问题：1.您这边兼管战略部工作期间，公司的战略布局和解码方法方便分享一下吗？ 2.战略部部门级别的绩效考核指标有哪些呢？ 3.公司层面有哪些项目支持公司战略落地？ 4.战略落地过程最大的困难是什么，您如何解决的？ 5.结合您的专业能力及经验，从第三方的角度，对于拓展YOK公司海外市场的战略管理有什么建议？

交流了以上5个问题，得出的结论是，他应该没兼管过，网上的简历才是他真实的经历，协助CEO参与或者执行过部分战略工作，并不精通，只知其形，不知其意。

这些问题过后，候选人有些急了。

"简历毕竟是死的，又不会说话。你是猎头，擅长人力资源领域，不懂专业管理，我觉得你还是帮我推荐给他们公司，我要跟公司老板聊。只要我跟他们老板见上面，他一定对我的经验感兴趣且录用我。"

"好的，您的情况，我跟对方HR沟通一下。有最新的进展，会第一时间告诉您！"

对于米豆的回答，候选人显然不满意。他停顿了几秒，似乎是想要压制情绪爆发点。

"这个岗位，他们有在招聘网站上挂吗？"

"他们的官网上有，您可以去看看。其他网站，我不是很清楚。"

挂断电话后，米豆在沟通记录表上做了记录：不合适，两天后给其答复。

另外，他把候选人简历上传到公司简历库，备注上 CEO 助理候选人，CEO 办公室负责人。关键词特助、CEO 助理、办公室主任……

米豆正准备打电话，ZH 公司的招聘对接人 Lisa 来电，并且带来了非常好的消息，工研所所长岗位，他们决定录用候选人何先生，米豆开心极了。总算是有点好消息了！

"小野，恭喜你，工研所所长确定了。今天晚上聚餐，我买单，想吃啥吃啥！"

米豆小组的办公室沸腾了，又是掌声又是笑声，这让其他组羡慕不已。因为他们肯定，米豆小组又攻下一个其他组攻克不了的城池。

欢腾过后，大家工作更卖力了。

米豆把 ZH 公司决定录用的何先生的简历仔细看了好几遍，她让小野跟候选人再确认履历真实性的问题。

小野按照米豆的要求给候选人何先生打去电话。

"何先生，您好！恭喜您，我们刚才收到 ZH 公司电话，决定录用您。接下来，对方公司会对您做背景调查……虽然面试前已经跟您确认过简历报告的内容和真实性，但是在对方背调前还需要跟您确认一次。"

何先生："小野，我的履历没问题，让他们放开手去背调，我坚信背调的结果不会差，否则面试就不会通过。但是，我想请教你，简历真实性这么重要吗，一点都不能有假？"

"当然很重要啊！您入职的时候，企业都会跟您签一份承诺书，要么是在入职登记表，要么是劳动合同补充条款或者其他文件。文件中都会有这么句话，本人承诺个人基本信息及工作经历真实有效，若存在任何虚假信息，公司可立即解除劳动合同且不支付任何经济补偿金。所以，企业如果想要辞退员工，HR 首先就会研究候选人简历，看看是否有突破

/65/

口！另外，对于我们公司而言，如果我们推荐的候选人履历有问题，我们不仅拿不到招聘服务费，还得重新招聘一名背景没问题的人选。最严重的问题是，我们有可能会失去一个非常重要和优质的客户。所以，履历真实性于你于我们而言都非常重要！"

何先生："那确实很重要。也就是说，不能有一点点瑕疵了！"

"那到没有这么绝对，就看这瑕疵的严肃性！比如您去一家公司上班两个月，觉得不适应离职了，你这段短暂的经历不想写在履历上，就可以空出来。常言道，事出反常必有妖，HR看到这段履历肯定会猜想是不是试用期不合格被辞退，或者是不是你的适应能力不强导致离职，又或者会评价你不够理性，做决定不够慎重等……为了彼此少些麻烦，你可以不写这两个月，但是不能把这个经历合并到其他企业，那就是作假。一般HR面试的时候，都会问这两个月在做什么，你就可以坦诚跟HR说，如果他没问的话，你也可以主动说出来，如果您实在觉得不想说，可以说去旅游等。但是，这个谎话，您将用无数的谎话去圆，并且会一直担心如果某天东窗事发，这将是个随时背刺你的隐患。所以，我的建议是真实体现自己。找工作嘛，只要您能力足够影响面试官，让企业认可您，一般不会在意短暂动荡经历，很多企业并没有如此洁癖的要求，但是不能是假的！"

何先生："谢谢小野，我学习到了很多。"

很顺利，何先生拿到了ZH公司的offer，剩下就是做好入职、转正跟进工作，然后就坐等提成了，哈哈，开心！

米豆刚聊了一个背景还不错的CSO候选人，只是对方太忙，米豆介绍完YOK背景及岗位要求后就没能进一步沟通，匆匆说了两句话并让米豆加微信后便挂了电话。米豆加了微信，把公司简介和岗位JD发给了候选人。

"我对这个岗位感兴趣,这是我的手机号码,让公司老板给我打电话……"

这么狂!

米豆看候选人的背景和资历,牛人嘛,总是要有点脾气的。于是,她耐心地给候选人发了信息:"X 先生,您好!我这边是猎头公司,我们与客户的合作流程有以下几步:第一,根据客户提供的 JD 和岗位画像寻找适合的人选;第二,猎头方与候选人沟通基本情况,评估是否满足客户的需求;第三,推荐适合的候选人给客户;第四,企业方评估简历是否满足要求;第五,合适的候选人安排 2~3 轮的面试。客户端,与我们对接的是企业的 HR。"

"那请把我的联系方式给企业 HR,让老板打电话给我。"

此人是有诸葛孔明的惊世谋略之才,还是有伟大领袖毛主席高瞻远瞩的战略远见,这么拽。米豆都不知道该如何谈下去了,皱着眉头盯着两人的聊天界面,在放弃和坚持之间发愁。

"米豆,我们老板看了刘必成先生的履历,很感兴趣。正如你分析的那样,即便不能合作,也可以向他请教一下公司战略工作的布局,值得一聊,等我这边的面试时间。"

YOK 招聘对接人王元满发来微信,米豆紧皱的眉头被阳光亲了一口般顿时舒缓。她很开心,因为自己的判断是正确的,并且也争取到了双方见面的机会,鉴于上次线下见面后,刘必成和米豆建立了不错的联系,相信即便面试不上,刘必成也会跟她分享她需要的信息。

米豆赶紧给刘必成发微信,让他耐心等待。

米豆放下手机,看到电脑屏幕上牛哄哄的候选人,心情又降温了。

放弃，不能放弃，放弃，不能放弃……两种声音在她内心拉扯。

拽什么拽，我是帮你推荐工作哎，不感谢就算了，居然这态度！

他很优秀，万一被企业录用，那岂不是损失惨重？淡定、淡定，淡定，想办法如何攻克……牛人不都比较拽吗，看在业绩和钱的份上，忍。

米豆把这个候选人的情况跟王元满做了沟通。

王元满："米豆，我公司有三家合作的猎头公司，与猎头公司的合作模式和工作流程都非常明确，我们提供人才画像，你们按照人才画像推荐合适的候选人，推荐的每一个候选人都需要出具具体的面试报告，经人力资源部评估后才会启动面试。我们公司现在有八千多人，老板非常忙，他的时间我们需要跟秘书提前一周约，如果看不到我们HRD和老板业务助理的面试评价，他的秘书是不会给我们安排时间的。所以，麻烦你跟候选人解释一下，需要按照我们公司的招聘流程来，感谢！"

米豆努力争取过了，但是结果就这样。她把与王元满的面谈截图发给候选人，候选人没回复，米豆打电话过去也不再接听，没有办法了！

米豆把候选人导入公司系统，做好备注：不适合，与猎头配合度差，理解与尊重意识差，缺失基本社交礼仪，不接受客户面试流程，换工作意向弱，5级，不做重点跟进人才。

米豆扬手看了看手表，已经快九点半了，她整理好最后的工作，收拾东西下班了。

她住的地方离公司步行二十多分钟，她准备步行回去，一来可以锻炼身体，二来可以复盘工作。

呜呜呜……

看着来电提醒，米豆赶紧接起电话，是刘必成打来的电话。

"米豆，我刚跟YOK的汪总沟通完，聊了两个半小时。"

米豆听着这话感到很纳闷，HR不是让她等面试安排吗，咋地就已经面试完了。了解后才知道，原来是汪总在上海出差，趁着饭点约刘必成一起吃晚饭。

"汪总是个务实、谨慎和真诚的领导，他担心出海这一步一旦迈出去，如果不稳，会影响公司全局，所以，他对这个CSO人选的要求非常全面。汪总人很好，我也毫无保留地把我的一些想法和看法跟他做了交流，我相信他应该有所收获。至于是否会有下一步的面试或者其他安排，就看他自己的决定了。汪总的性格，我感觉不够果决，跟这样的老板做事儿可能会比较累。我属于不安现状，想要不断突破自己的人，做有挑战的事情，跟他的风格恰恰相反，我估计合作的可能性并不大……"

"也许是互补呢，听您刚才的表达，我能感受到其实聊得很开心。您先别着急，等汪总回深圳后，我跟进一下结果再告知您！刘总，我想请教您一下，根据您跟汪总的沟通，您认为他们公司目前战略管理这块最薄弱的环节和需要突破的点是什么……"

"薄弱环节的话，我感觉是他们人才结构的问题。公司的战略管理是比较传统的老板战略，老板说了算，没有专业的人才和团队去做所谓的市场调研、竞手分析、竞品分析、国际行业分析、产品地区优势对标、产品竞争力分析等，战略停留在思想意识层面和日常简单的实操工作，导致汪总在做决策的时候没有系统的数据做支持，他不敢贸然决定。突破点的话，对应着这个点，希望解决战略在公司经营管理中的定位及团队搭建、人才引进的问题。"

"但是，要组建一个团队及做完您刚才说的这些事情，怕要一两年吧，那岂不是不现实。"

"对的，这种情况下，最好的方法就是跟专业的机构合作，能快速拿到数据和方案。如果老板舍得花成本，可以跟一些比较好的咨询公司签对赌，数据及决策有效性会更高。"

"假如您有机会加入YOK公司，您计划如何配置您的团队呢？"

"如果是我的话，老板要在一年内完成海外业务扩张，我一定会找一家有实力的咨询公司合作。团队五六个人即可，一个负责市场调研，一个负责产品调研，一个负责竞手调研，一个负责内部数据和资源整合，一个协助我做方法论和工作流程研究及落实……"

跟刘必成沟通完，米豆赶紧给Enya打去电话，并把刘必成的思维和想法告诉了Enya，Enya答应米豆会尽快对接汪总那边。

夜深了，米豆拿出她的日记本。

4月16日，星期二，阴。

在招聘CSO岗位遇到很多"大神"，都是年薪两百万以上的优秀人才。沟通了几十个人后，我得出一个规律，厉害的人，往往更加谦逊和朴实，他们华丽的不仅是硬件条件，更是自身待人接物的修养，不断学习带来的专业知识的深度和广度积累。与高情商的他们沟通简直是一种享受。古语道："爱人者人恒爱之，敬人者人恒敬之。"所以他们才能走得更高更远更快……

第五章　人无远虑，必有近忧

荷叶拿着一份简历来找米豆，候选人詹三叶，46岁，甲乙方工作经验非常丰富，除了年龄以外，其他条件都很适合。客户要求年龄在40岁以下，最多42岁，超过42岁不考虑。荷叶已经委婉拒绝了候选人多次，但是候选人几乎是恳求荷叶促成一次面试的机会，荷叶都不知道如何是好，只能找米豆。

米豆看了简历以后，直接给出否定答案，因为YOK对于年龄这个问题已经做了多次强调，不太可能会改变。考虑年龄这个问题主要因为3点：首先，这个岗位需要高频率国内外出差，身体素质和抗压性是最大挑战；其次，YOK管理层年龄偏大，队伍年轻化是目前公司人才管理的重中之重；最后，老板明显感受到45岁以上的员工工作激情和服从力不太理想。

"45岁左右的人，上要孝敬父母，下有孩子要养，房贷和车贷要还，哪来的机会倦怠啊。这个社会，一边是国家的延迟退休，一边是大龄求职者人很难找工作，到底要不要人活。"小野感慨道。

"辩证来看这个问题，45岁左右的人，要么是企业不能缺少的高管层，或者技术骨干；要么自己已经创业；大部分还是平凡的打工仔。45岁左右的人，如果岗位工作内容和完成工作所需要的技能没有壁垒，没有得到正常的晋升，那么一个毕业四五年的人也可以做这个工作，企业肯定会选择年轻有活力、有变革意识、积极主动、有冲劲且执行力和服从性好的人。最关键是，用这部分人的成本会更低，知道不？"大姐大麦琪说道。

米豆用力点头并说道："是的，麦琪说的是底层逻辑，但是此逻辑不适用于所有行业和所有企业！如果大家想避开大龄职场危机，要么成为企业不能放弃的关键员工或者管理者，要么就自己创业实现老板梦想。如果这两点都做不到，那么在企业里面不管在什么岗位上都要兢兢业业、踏实本分地做好工作，切不可有躺平的意识和行为，否则一定会被企业或者市场淘汰。如果你很想帮他，可以把他约到公司，我们跟他一起聊聊，帮他做一个职业规划。"

詹三叶如约而至，对于择业问题，他迷茫了好久，他非常想得到别人的帮助，想知道他的职场该何去何从！

詹三叶，从毕业到现在，工作23年，换了7份工作，回首职场23年的风风雨雨，除了近两年时有疲乏之感，面对高压工作有些力不从心外，其他时候对待工作算是兢兢业业、勤勤恳恳。对于自己的职业生涯，他原本计划在上一家企业工作到退休，但是天有不测风云，公司受客户群体单一，过分依赖大客户，近些年大客户业绩下滑严重，导致公司业绩同步下滑，严重到需要裁员的地步。战略部负责人，成了管理层的抨击对象，大家都认为公司陷入目前经营困境，战略部有不可推卸的责任，包括战略不清晰、战略目标不明确、风险意识不够、战略相关项目落实不到位等。

詹三叶听到这些指责，难过得要命。作为职场老手的他，能做到一个3 000+人员规模企业的战略管理一把手，也不是那么容易任人拿捏的。他平静从容地说道："自入职以来，公司战略三大方向之一就是客户多元化，减少对大客户的依赖。这是战略部的主要绩效指标，也是营销中心的主要绩效指标，我们的战略方向从来没错，也用尽全力去推进这个工作。但是，其他部门配合吗？表面上配合我们，但是，新客户的开发、新产品的开发和落实结果如何呢？大家每天的重点工作都是围绕着大客户的需求疯狂满足，对战略部的建议和工作要求找借口推挡，一个字，忙！这最后的结果都怪我吗？这公平吗？合理吗？这些工作，我都没做吗？

营销中心负责人："我们的新客户开发率是达标的，新客户的销售业绩也是达标的，我们中心都在积极配合战略部的工作，这点詹总应该是清楚的。"

詹三叶："年初定指标的时候，我已经明确提出指标不合理，没有按照我们的战略分解去执行，这也叫达标吗？今天，到目前为止，我觉得掰扯这些已经没有意义。我只是想说，公司目前经营面临的困境是不是我们部门一直强调，但是被大家想尽各种方法和手段阻挡推行导致的。只要战略部稍微强势推进项目工作，得到的是什么答案，听到的是什么声音——如果大客户的需求没法满足，业绩目标完成不了，你们部门能担责吗？然后又去老板那儿搬出尚方宝剑，能缓就缓一下，优先满足大客户需求……对于我而言，我有什么资源，有什么支持去落实那么多工作呢……"

詹三叶动有理有据地回击管理层的问责。可是，谁敢说是老板的责任呢！谁又会把责任分担下来或者揽下责任呢！

老板说："战略方向没错，但是你的工作方法、执行力及工作绩效并不好。这也是你的缺点，有系统的战略管理理论知识，但是缺乏有效的落地执行方法和手段。说句不好听的话，公司对大客户过于依赖是公司所有员工都知道的事情，但是，对于如何改变这个事情，如何改变现状，你并没有做好。不是每个老板都会按照你想得到的工作支持去支持你的工作，都能坚定不移执行战略细节，这是我的弱点，我也意识到了。我想花高薪请一个人来弥补我的弱点，但是你的到来并没有改变这样的现状，你并没有用你的专业能力、有效的工作方法和预计的工作效果，来影响我的决策。

詹三叶："老板，战略是公司的发展方向，战略部门和协同部门都有规划和实施方案。我们努力地推进工作，项目推进受阻，只要业务找您，您就让我们退，我怎么能跟您对着干呢！"

老板："不是说要对着干，而是找到让我改变决策的理由或者方法，要用你的专业性来积极影响我的决策……"

米豆听着詹三叶愤恨的抱怨，他很激动、很难受、很抓狂，挫败感满满。米豆不知道在他内心深处有没有意识到可能自己也有些问题呢！

"詹总，特别感谢您的信任，跟我和荷叶分享您的职场历程。您有没有思考过，或许他们的评价有些是对的？"

这个问题让詹三叶眼神闪烁，脸有些微微红晕。他莞尔一笑，重重叹口气，又摇摇头。

"假如您的同事说的问题是对的，有没有可能存在适应能力的问题。比如不适应领导的管理风格，不适应公司其他合作伙伴的工作风格，不适应公司的文化和工作方式，组织氛围和同事的行为影响您的工作节奏和结果……因为前面的不适应，导致您的影响力不够，影响不了老板、同事和下属，您想想是不是有这样的情况存在。"

詹三叶喝了一口茶，眉头紧皱，荷叶看了一眼米豆，她俩都害怕他生气。

詹三叶："这个问题嘛，从结果来看，应该存在一定的问题。让我无法接受的事情是，一个公司的战略管理是多么重要的事情，我做好了我本职和专业面上的事情，老板却指责我没有去影响他，没有去改变他和影响他的决策！他是小孩子吗？他可是公司的老板，公司是他的哎，不应该严谨、严肃处理这些事情吗？难道不该以身作则吗？一旦其他部门的领导一旦不想执行战略部的工作要求，或者新客户的开发遇到问题，就去老板面前抱怨。本来就是营销部的工作没做好，硬生生地把这个屎盆子往我身上扣，居然有这样愚蠢至极、不分是非的老板，真是绝绝子！"

"所以啊，正是因为他的这种风格，他的公司才没做好，才会面临今天这种窘境。最坏的结果就是，他的公司会因为他的这种做事风格面临破产。"荷叶说道。

米豆："是的，荷叶说得对。最难受的事情是老板明明知道自己的不足或者短板，也想去改变，但是还执着于过往的工作方式，还把责任怪罪在您的身上，企业未来的经营确实令人担忧啊！"

詹三叶："是吧，我就说嘛！明明是自己的不作为，硬是要把责任都怪罪在我的身上，真是可耻和令人恶心。"

三个人的交谈慢慢变得轻松了些，米豆问詹三叶未来的规划。

詹三叶："想找个成熟一些的平台，公司重视战略管理，老板职业化和成熟些，然后在这个平台上做到退休。"

"如果再遇到这样的公司和老板怎么办？"

"我的运气应该不至于这么差吧！"

"这很难说啊！要碰到一个像您第一、二家公司那样的老板可不容易。有没有一种可能，其实老板都这个样子，只是您当时的心态是学习和冲锋，能听进别人的建议。随着年龄的增长，随着工作经验的不断叠加，会不会变得越来越没办法接受别人的意见和指摘！"

米豆的话让詹三叶内心有所触动，现在的他真有米豆说的这种迹象，自己的方案，别人要是提出建议，内心就会很不爽。面对别人的建议，自己首先是反驳而不是倾听，反驳结束后冷静下来才会去思考对方的建议是否有道理。老板安排工作，只要不是本职工作就会找各种借口推脱，不惜跟老板对着干，甚至在工作群中直接开怼。在跨部门沟通会上总会有意无意站在本部门和自己的利益角度去看待问题。在工作中遇到困难或者费神的事情，能躲就躲，能不做就不做，不像年轻时候愿意承担更多，愿意协同更多，愿意付出更多，愿意去创新、去突破，难道这是上了年纪的工作状态吗？

天哪，什么时候，我竟然活成曾经自己最讨厌的样子！

詹三叶："我想请教两位一个问题，你们怎么看待大部分企业在社会招聘时对年龄有限制，比如40岁以上就不看，45岁以上就极难找工作？"

"很简单啊！年轻人有活力，有创造力，有干劲，有欲望，有服从力，有执行力，有体力。同等工作经验和能力要求下，年轻人的人力成本会更低。年轻人聚集的地方，突破革新意识强，组织活力会更好，更有利于企业的发展。"荷叶简短概括道。

詹三叶若有所思道："对我的职业发展，两位有什么建议。"

"您今年46岁，跟您同龄的这些人，小部分人是企业中高管，承担着与岗位相配的工作压力，也拿着丰厚的劳动报酬；小部分人是企业技术/业务骨干或者专家，成为企业核心或者关键人才；小部分人在这年龄之前赚够了养老的钱，已经提前进入养老模式；小部分人正在创业或者已经创业成功，实现自我价值；更多的人本本分分、战战兢兢地在普通岗位上工作；还有一部分人待业在家不断寻找适合自己的工作。综合以上情形，您比较喜欢哪种状态？"米豆说道。

詹三叶:"对于我目前状况来说,我觉得创业不太适合我,我不喜欢压力太大的生活。我属于那种小富即安的人,还是想留在职场打拼,干到退休。"

"这样也是可以的。您对现在的自己做个全面的复盘,自己的心态、行为、欲望、动力、经验与年轻人相比的优劣势。既然给别人打工,就得有打工的样子,在职场就按照职场的规则办事儿,努力成为同事眼中优秀的合作伙伴,下属眼中值得依靠和追随的领导,成为老板能够信任、重用的员工……"

米豆跟詹三叶综合分析了 YOK CSO 岗位,他来之前还是志在必得的样子,听完米豆的话后,他明白自己的差距在哪儿……米豆和荷叶送他到电梯间,他对两位女士是一通的感激,米豆还是那句话:"保持联系,祝您一切顺利!"

回到办公室,麦琪和小野问情况,荷叶说他想要死磕职场!

可以,当然可以,只是希望他不要变成曾经自己非常讨厌的那一类员工——倚老卖老,执行力、服从性差,不创新、不突破,想要躺到退休的中年人,这样的员工,企业是一定会想办法淘汰,用愿意且能干、人力成本低的年轻员工替代的。

麦琪拿着两份简历找米豆:"豆儿姐,我这里有两份 ACD 专家简历,都是令人头痛的候选人。我都面过了,综合能力非常不错,但是履历是两个极端,一个平均 2 年左右换一份工作,一个从毕业就一直在一家企业,一干就是 15 年。一个换工作过于频繁,一个是稳定性太好。"

米豆拿过 A 的简历快速浏览了一下,基本每两年换一次工作,换工作的原因都是个人职业发展需要。"这样的候选人,企业会担心入职后也会像之前那样,2 年左右又因职业发展而调整工作,2 年左右,刚好熟悉了公司和产品，业务刚刚有点起色，又得换一个人，作为公司的 HR 和用人部门应该会谨慎选择这样的员工。但是，这个人如此频繁地换工作还能应聘上不错的公司，能力应该是不错的。"米豆一边看一边说着。

"那可不，那叫见多识广。他在这么多家优秀公司之间随意切换，没两把刷子怎么可能做到，我跟他沟通中也能明显感受到他的思路清晰，思维活跃，知识储备丰富，随时能旁征博引，沟通影响力非常好。在这么多优秀企业都能随意切换，说明他有极强的适应能力和人际关系处理能力，不仅智商高，情商还高！专业方面没办法判断，综合能力还是非常强的，但是薪酬期望可不低！"麦琪说道。

"当然不低了。你看，他每换一次工作，薪酬的涨幅都在 30% 左右，有的甚至更高！然而，对于大部分公司而言，不见得每年都有薪酬调整机会，即便每年都有，正常薪酬调整比例在 10% 左右，20% 左右涨幅的人是少数，所以不排除换工作是为了涨薪。"

"是哦，果然是应了那句江湖传言，涨工资最好的办法就是换工作！"小野调侃道。

"也不完全是这样。换工作是可以得到调薪机会，但是次数越多，机会越少，招聘方都明白候选人的心理和想法，一般企业相对理性，除非这个候选人是他们非用不可的人才，才会满足大幅度加薪的诉求。大公司或者有名的公司有自己的薪酬管理规则，高出岗位工资太多，他们也会望而却步。这也就是咱们经常看到很多大企业的候选人为了高薪会选择去创业公司，如果创业公司没做起来，他们再次择业的时候就会遇到困境，不少人的职场路会越走越窄，公司规模会越来越小，薪酬的涨幅会越来越小，最后甚至会薪酬平移或者降薪进入下一个平台……"

米豆拿起另一个候选人的简历，确实如麦琪所说，从毕业校招进入这家公司，一干就是十五年零三个月。这稳定性，绝了！

米豆："什么渠道获取的简历？"

"朋友圈推荐的，通过好几层关系才联系上。"

"你跟他沟通的时候，他是不是处处都在顾虑，顾虑外部环境的适应性，顾虑自己的竞争力，顾虑薪酬福利，顾虑家人是否支持换工作？是不是各种忧心忡忡，纠结不定？"米豆一边看一边说着。

"是的，就是各种担心。想换工作又害怕新环境不稳定，担心自己适应不了新公司的企业文化，担心不适应新领导的风格，担心民营企业的工作氛围，担心公司的薪酬福利，最关键一点，担心家人不同意换工作！"

"家里人不同意换工作吗？"

"听他的意思是这样。他其实一直想看看外面的机会，但是家人认为稳定会更好，就一直拖到了现在。"

"他现在为什么想换工作呢？家人不是不同意吗？"

"候选人说这家公司这些年的发展一直处于下滑趋势，有三年没调薪，每年都有小范围裁员。他应该是感受到危机，所以，如果有好的机会，想去尝试一下！"

"面谈后，综合能力怎么样？"

"虽然他们公司业务在下滑，毕竟是行业TOP2的公司，综合能力相当不错，经验的系统性、专业知识的深度和广度也非常优秀，只是他们公司的管理水平一般。"

"结合Z公司的情况，需要一个专业能力强，项目经验丰富，具有一定突破、革新能力的人，这样看来，我觉得A可能性会更大。对于B候选人，对方可能会觉得他不是一个果决的人，顾虑太多，缺乏活力和创新性。不过，你可以先整理一下面试评价，将两个人都跟HR沟通一下，佐证一下我们的判断。"

"好的，豆儿姐。"

"做人难啊，离职频繁说你焦躁不安，不离职说你安于现状、不够积极上进，到底要怎么样啊，怎么样才好啊！"荷叶打趣道。

"哈哈哈……"

米豆："做自己吧，掌握一个度！不能过于频繁，也不能完全不动，不时复盘自己，问问自己是否能保持一定的市场竞争力，当危机来临时是否有足够的能力来应对危机。"

麦琪："真是这样的！我有个同班同学，毕业后我们进入同一家外企，我换了3份工作，他依旧热爱着第一家公司，我转型做猎头五六年了，他还在那家公司！你猜怎么了？"

"难不成，成了公司的股东？"小野说道。

"算是吧！得到公司不少期权，也因此享受了不少分红。他的状态让我们羡慕，工作稳定，随着年限增加获得了高位高薪，同事关系融洽，和同事处成了十几年的老朋友，在公司有足够的江湖地位，老人新人都敬着、爱着，领导也很关照。每次同学聚会，他脸上都洋溢着幸福的笑容，羡慕死我们了。"

"他应该就会在这家公司做到退休吧！"

"是这样打算的，但是天有不测风云啊，这家公司被收购了，收购后要进行组织整合，相同岗位上只能有一个人，很自然，他被裁掉了。"

"跟你同龄，那应该也没什么经济压力了，提前退休了，也挺好的！"

"成年人的世界，上有老，下有小，惬意的日子还早呢！他3个小孩，老大在国外留学，老二在国内读大学，老三还在上高中，双方的父母都还健在，怎么能提前退休呢！他老婆的重心在照顾家庭，事业上没啥成就，就是一家公司的会计，收入不高。所以，他被裁员后自然得赶紧找工作啊！自从知道公司要裁员，他就一直在找工作，但是他们公司的研发方向属于特别小众的领域，他的工资又高，找了三四个月都没进展，高不成低不就，压力可不小，到现在也没找到工作。"

"研发都找不到工作吗？职能岗位45岁够呛，研发还好吧！"

"领域太窄，这么些年一直在一家公司，我猜想他们的技术应该也不具有行业领先性，否则就不会被收购。之前，我那同学一直都很有优越感，一直觉得自己的技术多牛，直到他出来找工作，跟外面的技术人员交流，面试处处碰壁，才意识到自己与外部世界脱轨太久，自己引以为傲的技术其实已经落伍，除了自己的一亩三分地之外很多东西都不懂了，竞争力已经弱爆了……"

"那他现在怎么样了，找到工作了吗？"

"没有，估计不容易的。高不成低不就，做不了研发总监，做不了研发经理，因为技术落后也做不了研发专家，如果是研发主管或者研发工程师，那薪酬太低，满足不了他的期望。"

"麦琪是不是觉得很幸运，你现在可以决定去哪儿，不去哪儿？可以留在职场，也可以做公司的合伙人，实在不行，还可以自己单干！哈哈！"

"嘴碎！"麦琪呵斥小野这大嘴巴，"我领导就坐在这里，你说我可以这，可以那，你想干啥，我拍死你！"

"哈哈哈……"办公室里又充满了欢声笑语。

米豆也笑呵呵地说道："放心吧，咱们团队开放包容，如果大家的能力强大到公司平台装不下，一定要坚定地做职业调整，要么申请公司合伙人，要么去更大的平台，要么去自立门户；如果是赚得钵满盆满，也可以退隐江湖。反正不要有那种得过且过、躺平迎接退休的心理，因为老板很讨厌这样的员工，等到有一天老板实在忍无可忍的时候，会一丝旧情都不念直接辞退你，一点商量的余地都没有！我不想有这么一天，不想被市场淘汰，不想被东家淘汰，想要时时刻刻都有自主选择权，我希望如此，你们也要这样——永远都能掌握自主抉择权。

"人无远虑，必有近忧！记住这八个字！"

听到米豆团队办公室的欢声笑语，恰好经过的 Enya 推门进来。

"是哪个岗位交付了？这么高兴呢！"

"果然是老板，关心的问题永远都是交付，"米豆打趣道。

"那必须啊，作为猎头，有什么事情比交单拿钱更值得开心的呢，对吧！"

"那可不一定，还有一种东西比钱更具情绪价值，更有获得感！"

"啥？"

"领悟！"

Enya 瞪大眼睛，想听米豆的高见。

"从这两个候选人工作经历中获得的领悟，这种领悟是钱买不到的。"

Enya 接过两份简历仔细看起来。

米豆："我们刚才就在谈论这个话题——人无远虑，必有近忧！身处职场的我们如何才能拥有自主抉择权。大家从这两个案例中顿悟了，所以才会那么开心！

"小野，分享一下，你顿悟了啥？" Enya 让团队中最小的小野分享他的心得。

小野羞答答地说道："刚才听各位前辈的讨论，我最大的感触就是换工作的原因，为什么要换工作，换下一份工作对我们的能力或者收入提高哪个更重要，哪个选择的结果会带来更长久的积极影响。比如候选人A，我认为他换工作的原因更多是为了获得收入上的提升，通过换工作获到更大的薪酬涨幅！他的目的达到了，但是随着换工作频率的不断增加，暴露出他的稳定性和忠诚度不够，这会成为他未来择业的一个雷点。另外，我觉得他两年多就换工作，经验的广度是不错的，但是会不会导致他在一个岗位上经验的深度积累不够！如果我作为一个用人单位，可能会在意这个点。"

"不错，不错！如果你要离开我们公司，你换工作的原因会是什么？你的考虑因素是什么？"

"哈哈哈……"其他同事都笑了，但是小野的脸红了，额头上的毛毛汗都渗出来了，他很紧张！

小野是个内秀的大男孩，米豆赶紧给他解围："这只是话题讨论而已，放轻松，畅所欲言。"

小野腼腆笑着表忠心："老板，首先我要表忠心，我不会盲目离开我们团队，因为我们的团队真的很好。迈不开腿，走不动，离不开！"

"少拍马屁，赶紧回答。"

"首先，我不打算转行，我喜欢猎头工作的紧张和松弛完美结合的状态。如果，我说的是如果，有一天想换工作了，那应该会找客户资源更好，管理更科学化，领导更好，对我未来职业发展能加码，提成比例更高的公司吧！但是，但是，但是，但是……我想强调的是，我们公司这些维度已经很好了，现在的我没有一个理由想要换工作……"

小野满满的求生欲，让大家又哈哈笑起来。

米豆："这下压力给了领导，怎么让客户资源变得更好，管理如何更得人心，把更多的利润拿出来分享，领导的管理如何得到下属的认可，哈哈哈……"米豆一边说一边给 Enya 抛媚眼。

"放心，我存在这天地间的价值，就是为了给小野和你们解决这些问题，让你们在这里安居乐业，离不开我！万一有一天真要因为这些因素离开，那么一定是我的无能。到了那个时候，请各位放开手，勇敢追逐梦想，我一定送上祝福……但是，但是，一定要记得——苟富贵，勿相忘，哪天当老板了，记得把订单给我们做！"

"哈哈哈哈哈……"

"老板，请教您一个问题。对于 B 候选人这种情形，如何解他的职场困境？"荷叶问道。

Enya 拿着候选人 B 的简历仔细看起来。

"哎呀，这哥们也太稳定了吧！下一份工作是否比现在更好就难说，关键取决于他现在掌握的技术是否具有一定的市场竞争性。用研发岗举例，如果他在现在的公司现在的岗位上一直在钻研技术，不停学习，不停有项目在开展，他的技术能力在市场具有一定的代表性或者竞争性，那他离开现在的公司应该能找到一个更好的机会。另一种情形，如果他在目前这家公司仅仅限于本职工作，而这家企业的技术实力在行业里并不具有代表性，只是跟随的角色，那么他的技术在市场上不被稀罕，是没有竞争力的。研发讲究的就是技术的突破、革新、影响力和领先性，如果达不到这些要求，只是工程师的水平，试问一下，一家企业用两万元就可以找一个年轻力壮的工程师，为什么要花四五万找一个缺乏革新和突破意识、安于现状的中年人呢！不划算啊！"

荷叶："如果是职能型岗位呢？"

Enya："职能型的岗位，在一家企业里做了十五六年，那真是不容易。用你们现在招聘的 CSO 岗位为例，候选人的竞争力取决于他就职的这个企业战略管理的水平，如果战略管理可圈可点，被行业认可和学习，那么这个候选人在市场上的择业机会就很多，竞争力也强。但是，如果这家公司的战略管理没有亮点，平平无奇，甚至有被行业诟病，那么这个候选人在市场中的竞争力就很弱了，哪怕他在这个岗位上不断学习。我个人认为，职能型岗位不宜太稳定，因为职能型岗位跟研发不同，研发讲究技术积累到一定程度的突破，沉下心来做研究。但是职能型岗位具有通过提高专业能力、改进工作方法来出色完成工作任务的特点，需要不断的项目磨练和新知识的叠加。能不能做出成绩，还在于企业对职能的定位，如果企业重视，那就能做好，做出成绩，如果企业本身不重视这个职能，那就很难做出成绩。如果没有职位上的晋升或者轮岗机会，建议三五年换一个平台，在不同的企业背景下、不同需求下、不同人文环境下、不同项目实施下去解决战略管理的问题，这些不同的经历会让人解决问题的能力、方案制作能力、思考能力、协同能力、落地能力等得到锻炼和提升。当然，我不是鼓动大家去换工作，要对自己身处的环境和自身的情况进行分析，如果现状对自己的能力提升有帮助就留，对自己来说已经没有提升空间，为了自己的持续市场竞争力就需要考虑换个环境。换哪儿呢，最好是越换越好，对自己能力有提升的平台。对于这个候选人来说，这么些年的经验，如果找不到合适的机会，也可以考虑创业，复盘这十几年的工作经历，找到自己最擅长、最强的能力，形成自己的产品，匹配一下市场需求，撸起袖子加油干呗！市场这么大，总能找到适合自己的机会点。"

米豆："职场上的人，大部分是不愿意创业的，他们希望待在企业里稳当拿着月薪。一部分人可能因为性格的原因，不喜欢冒险；一部分人可能因为生活的压力，承担不了创业的风险；一部分可能曾经创业失败后不想再尝试；一部分人可能没有创业的资本等。"

Enya："当然不是每个人都适合创业，个人特质、家庭情况、经济基础等不同。再说了，创业道路不是那么容易的，需要承担很多来自各方面的压力，需要摒弃以往职场上的光鲜亮丽，需要放弃过去职场上的辉煌成绩，需要克服人性从高到低、从零开始的巨大心理落差，倒空自己，躬身入世，从 0 到 1、1 到 N 的一点一滴打拼。正因为人们有太多顾虑，只有那小部分人愿意出来拼搏，这小部分人中，创业成功的人也只有更小部分，所以职场上给别人打工的人多，做老板的人少嘛，你们说对吧！"

大家都思考着 Enya 话里的话……

2024 年 5 月 9 日，星期四，雨转晴。

这段时间，因为招聘 CSO 岗位，见了很多曾经非常优秀，但是年龄到了四十多岁后职业发展走下坡路的人。因为市场人才供需，因为企业用工成本，因为工作态度和心态，因为能力瓶颈，因为环境变化不适应等原因，他们逐步被市场边缘化……人生起起伏伏，如同心电图般，如果想要立于不败之地，不被他人挑挑拣拣，终究说来还是要靠自己。要时刻保持危机意识，复盘自己的工作状态是否保持在较高水平；时刻不忘记充实和修炼自己，不要放弃任何可以学习和成长的机会；时刻不忘看看外部人才市场的竞争动态和薪酬水平，准确判断自己，让自己有能力、资本去对抗市场竞争……俗话说得好，人无远虑，必有近忧嘛！

第六章　下雨时倚楼听雨，天晴时逐鹿江湖

Enya 办公室。

Enya 告诉米豆两个事情，林佑跟 YOK 汪总沟通了 CSO 候选人刘必成的面试情况，结果是待定！

米豆很坦然地说道："关于刘必成，心里有所期待，如果能成，那就是鸿运高照。事实证明，没有鸿运高照这样的事情，哈哈！通过刘必成反馈的信息，我们更加清楚这个岗位的招聘需求和汪总到底想要什么样的人才，所以已经是最大的收获了。"

"但是，汪总可能会跟刘必成有些项目上的合作，让他做 YOK 的顾问。"

"那真是太好了，双赢！"

"另外，EYE 品牌总监，朋友说内部转调的人最近被老板 diss（批评）很惨，达不到老板的要求，转调的人像是惊弓之鸟，对老板害怕到了极点。我猜想，这个人应该干不久。另外，我还听说一个秘密！之前我们推荐那么多候选人，EYE 刘总一直没确定录用，是因为不想付十几万的猎头费，想要省下这笔钱。"

听到这个消息，米豆震惊了。作为一家 60 亿营收规模企业的老板，对于用猎头招聘还是没有释怀，可见老板有多抠门。团队之前做岗位交付复盘的时候，也想过这个问题。

米豆："如果老板不想付猎头费，即便现在这个人不合适，而我们现在有储备的人选，这个岗位成功的可能性还是很小啊。"

"这不一定，因为他见过我们推荐的那么多优秀、专业的候选人，跟他现在的人一比就知道差距在哪儿。人就是这样，见过了最好的，对一般的东西就提不起兴趣。并且品牌管理一直是老板想做却一直没做好的事情，这就会强化他内心的蠢蠢欲动。"

"EYE之前没用猎头招聘过吗？"

"有。听朋友说猎头招聘来的人，老板并不觉得有多么的与众不同，所以用猎头招聘非常谨慎。况且，老板又是个非常控制成本的人。"

猎头招聘只是一个招聘渠道而已，增加一个渠道能快速招聘到匹配岗位要求的人，招聘速度和能参加面试的候选人数量会更多，质量会更好。经过猎头推荐评估后，企业可以节省专业经验外的其他能力项的评估时间和准确度。谁说用猎头招聘的人才就必须有三头六臂了，就能比内部招聘的人胜任力高几十个百分点，这浅显的道理，难道老板不懂吗？什么鬼！

"他估计存在这样的误解，认为既然高成本招聘，就一定要找到亮瞎眼的候选人，比他们自己招聘的人不说多三臂，至少多两臂，哈哈！"

"我去！不否认，一般来说，我们招聘的人，岗位匹配度会更高，综合能力会更强，因为我们把候选人推荐出去前已经经过两轮面试筛选，算是优中选优。但是，即便再优秀的候选人，他要发挥出能力，创造出价值，除了他自身因素外，还需要外在条件啊，比如职能定位、内部管理水平、领导的管理风格、内部工作机制、公司文化和组织氛围等。还记得我们在接这个订单的时候，团队分析过EYE，公司成立二十年，十年前的营收规模最高达九十亿，十年后营收规模是六十多亿，下坡路啊，姐妹！管理、产品、市场都应该更成熟才对！有没有一种可能，公司管理的最大 bug 不是员工，是老板！"

"完全有可能！但是我们不去谈论这个问题，这个话题仅限于这个办公室，这些未经证实的客户信息不能、不好、不去讨论，ok？"

"遵命，老板！"

"正因为如此，EYE 才进行内部变革，才决定引进优秀的人才来推动变革，才有我们的事儿，不是吗！那么多年的工作风格、习惯，总是要时间去改变。相信我们的专业能力和我们推荐人才的影响力，精修功法，顺其自然，静待花开！"

"收到，之前觉得不错的候选人都在跟进和维护，我让他们再储备些人选，万一被上帝眷顾呢！在这之前，我们得做好准备吧！"

"就喜欢这样的你，其他岗位的进展怎么样？"

米豆跟 Enya 汇报……

米豆回到办公室把 EYE 品牌总监现状跟荷叶做了反馈，让她继续维护之前不错的候选人，有时间再储备三到五个人，以备不时之需。

"还储备啊姐妹，我觉得没必要了，人家都已经入职，最关键的是，老板都不愿意花猎头费。我觉得还是不要浪费时间，用这个时间攻克其他靠谱的岗位呗！"

因为花了太多时间对接，付出了太多的真心，寄予了太多希望，最终惨淡收场，荷叶太失望，没一点兴趣和耐心了。

米豆看到荷叶情绪不对，也知道她的风格和性格。鼓励她不要放弃，分一点点时间就好，EYE 公司内部的情况，她会让 Enya 持续关注，听起来还是有一点希望的。

EYE。

刘总坐在宽敞明亮的办公室里，一边抽烟，一边皱着眉头看着电脑上的方案，平平无奇、寡淡无味、毫无创新点，他深深吸了一口烟，用力拍打桌面。公司发展二十多年，营业额从顶峰的90亿跌到现在，一直维持在60亿左右，怎么也突破不了。他深深明白什么叫不进步就是退步，身在洪流中，他也清晰感受到行业竞争的激烈性和公司经营的巨大压力，明白公司现阶段的困难和需要突破的点。产品质量经得起竞争，但是品牌的市场识别和影响力太弱，新的竞争者不断涌现，如果不依靠二十几年老品牌积累的口碑去运作品牌管理，助力公司营销工作，任由这么发展，如果一家、两家老客户不合作，那营业额就绝对会受到影响。再说，因为竞争加剧，公司的毛利率不断下降，公司不做改变，那就等于慢性自杀！

看着新上任的品牌总监根据他的要求做的变革方案，内心无名火止不住地往外串，真是没一点创新和特点。即便已反复强调工作要求和方案重点，依旧做不出他想要的东西。

这个时候，他想起了曾经面试过的几十个市场化人才，优秀的有好几个，但是一想到要支付近二十万的猎头费，他犹豫了！他以为，跟这几十个候选人沟通学习，偷偷学艺，然后让内部他看好的员工把从别人那里偷学来的理念、方案落下去也是好的。一来可以节省猎头费，二来让自己知根知底的人来做他放心，三来还可以培养人才！但是结果却不尽人意！他太天真，这也是他最大的弱点，格局不够大，自以为是！

即便用面试的方式跟几十个品牌总监候选人偷师学艺，也只能停留在理论层面，无法落地。他很沮丧和失落，经过复盘，公司目前确实没有人能承担EYE品牌破局和变革工作。他重重叹息，公司里专业人才不足让他苦不堪言！

刘总把HRD和助理叫到办公室："经过这两个多月的观察，内部调任的品牌总监达不到工作要求，还是得外聘一个。张笑，我问你啊，猎头公司和你们都是在做招聘，为什么他们推荐的人就比你们找的人优秀呢？为什么呢？都是做 HR。"

张笑看着刘总眉头紧皱，她心脏狂跳，脸红到脖子和耳根子，语塞到无法正常表达。

"你不用紧张，我就想知道原因？告诉我为什么？"

张笑深呼吸回答道："我认为，猎头公司经过多年同类型岗位招聘的积累，在专业领域形成自己独有的人才库和人脉资源圈，所以在人才的获取上有更多的便利和更快的方式，这个应该是他们最大的优势。其次，猎头公司的招聘渠道比企业更多，可能有十个或者更多，我们公司就两个。再次，猎头公司几个人同时招聘一个岗位，人力和时间的投入比我们更多，我们一个招聘岗位同时要负责十几个岗位。最后，他们还有一整套系统的招聘和面试评估的方法……"

"专业的事情专业做，确实厉害些。"刘总的助理为了缓解紧张的气氛说道。

刘总生气道："你们也要精进技能和专业。为什么不能把我们招聘的同事打造成猎头那样专业的招聘人才呢？把这个岗位放到最紧急的位置，赶紧招聘。"

张笑灰溜溜离开刘总办公室，她在心里吐槽和抱怨道："猎头公司是靠招聘吃饭的，人家工资高，并且几个人跟一个岗位。看看我们，编制管控这么严格，就两个做招聘的员工，一个员工同时要负责十几个岗位，繁重的招聘工作都快把员工逼出病来，真不知道要怎么做才能让领导满意……即便心里有太多的不满，回到办公室，她立马把品牌总监的招聘安排下去。

呜呜，电话响了。米豆低头看看手机，是朋友阿广的电话。

"豆儿，晚上有时间没。我有个朋友失业了，一直没找到工作，我跟他说我有个做猎头的朋友，他一定要我约你时间，想跟你请教一下。"

"他做什么的，什么背景，不吃饭也可以给建议呀，别搞这么正式？"

"是我姐夫，赏个脸吧，求求你了！"

话说到这份上了，米豆无法拒绝，只能赴约。

餐厅。

米豆见到了阿广的姐夫徐真，看样子40岁左右。

一番寒暄后，米豆了解了徐真的基本情况。958硕士，44岁，目前是一家机器人头部企业的供应链专家，在这家公司工作了12年。他之前是部门的负责人，因为公司干部队伍年轻化的需求，他从管理岗转了专家岗，向他以前的下属汇报工作。对于这个变化，他是被动接受，内心是一百个不舒服，他决定换工作离开这个冷酷无情和令他伤心的地方，只是，看了两年多外部机会，一直没看到合适的。原因是什么呢？他目前年薪90多万，看上他背景的企业根本出不起这个价格，他想要去的公司又嫌弃他年龄大。他本身很优秀，当然也有面试成功拿到offer的，问题都是创业公司，他评估后担心稳定性，最后决定放弃。

从看机会到现在，越往后，他面试的机会便越少，到录用环节就更少了。他能真切感受到公司已经不想用他，但是又不想支付经济补偿金，所以专门给他安排困难系数大的工作任务，又不给他配置相应的资源去完成任务。做了十几年的领导，现在被曾经的下属安排工作，尤其是一些不合理的工作安排，他控制不住要指出来，下属挑战领导，跟领导的关系很是微妙。现在的他，虽然工资没有降，但是每天一想到要去上班，就很难受、很抗拒，但又不得不做。忍受了两年多，都快患上抑郁症了，他想要找个解决办法，想要找个专业的人给他些建议……

米豆问了徐真三个问题：

第一，家庭经济是否需要依赖他的收入；第二，是否可以接受降薪；第三，是否可以找朋友一起创业。

得到的答案是，徐真的老婆是全职太太，两个孩子，一个上高中，一个上初中，还有两边的父母需要照顾，经济压力非常大。他之所以不敢选择创业公司和薪酬比现在低的工作机会，就是因为他的收入不能出现任何差池，因为有一大家子需要养。

稳，工作平台发展稳定；稳，收入稳定；稳，家庭生活状况稳，是他目前需要保证的。

米豆和阿广安静地听着徐真的话，直到阿广战友式地拍拍姐夫的肩膀，徐真嘴角抽搐了几下，低下头，缓慢摇了摇头，眼睛看着桌面，发出低沉的叹息声。

米豆被带入徐真的世界。无奈：一个中年男人淋漓尽致的无奈；不易：一个中年男人生活状况的不易；彷徨：一个中年男人职场不如意的彷徨；心酸：一个中年男人被生活捆绑的心酸；挣扎：一个中年男人面对的不舒适现状的挣扎；茫然：一个中年男人对现状无法改变的茫然……

五味杂陈、身不由己、无力抗争、郁闷沮丧、情非得已，这些词放在他身上再合适不过了。

米豆开导道："哥，开心点，哪个中年人的生活不是这样，您比起很多人来已经很幸福了，父母健在，儿女双全，夫妻和睦，有房有车，这不就是我们努力工作的全部吗！"

"是的，姐夫，大家都知道你很辛苦，不容易，咱们不是出来散散心，聊聊天，寻找解决办法的嘛！"阿广拍拍徐真的肩膀，徐真用力吐了口气。

米豆："哥！人的欲望，随着我们生活状态的不同而变化，调整一下我们的欲望，从既要什么又要什么，变成只要什么就好了。我专职招聘这么些年，碰到很多您这样的情况，抓住主要矛盾，解决主要问题就好了。您现在需要稳定的收入维持一家人的开销，如果换工作，可能就会不稳定，因为您在一家公司工作了12年，习惯了现在公司的工作节奏、风格和组织文化，新到一家公司，不适应的可能性很大，可能会影响您的收入。您现在所在公司是业内知名公司，您是这家公司的专家，什么是专家，为组织发展提供专业建议，解决疑难杂症，助力组织健康发展，助力所在部门组织绩效目标达成的专家，多么高级的岗位，可不是一般人能获得的工作机会。您刚才说了，公司给您安排了很多困难的任务，这些问题是不是您所在组织希望被解决但是一直解决不了的问题？您在供应链领域工作了20多年，对这个专业领域的运营、逻辑、绩效突破点及解决问题的症结您应该非常清楚。那么摒弃杂念和诉求，做一个真正意义上的专家，一个公司认为价值巨大的专家，一个自己去寻找工作价值感和成就感的专家，努力成为公司宝贝着的人才，让他们敬重和离不开的人才……"

徐真依旧耷拉着肩膀，默默地听着，全身上下透露出不如意。

米豆："哥，在那么多大公司工作过，您的工作经历哪一段拿出来都是闪亮无比，还有您顶流985的本硕学历，也许，这些是公司没有放弃、依旧把您放在专家岗位的一个很重要的原因。公司也希望您用这么些年的专业积累、行业经验，来改善公司的某些管理问题呢！"

"你怎么知道,我之前的老板和 HRD 找我沟通,也是这样说的。我觉得这是他们给我调岗的借口。"

米豆:"假如是个借口,就把借口当成事实去干!并且,这还不一定是借口呢!您目前的状况,稳定现状是最佳选择,需要解决的问题就是如何让自己的工作开心一点,心情舒适一点,有成就感一点,有动力一点,您说是吧!"

"豆儿,具体应该怎么做呢?"阿广问道。

米豆:"哥,虽然你所在的公司在业内非常有名,我想问问你,你在公司工作这十几年,公司供应链管理体系最大的问题是什么?有什么问题影响公司管理净利润,或者公司最期望改善的问题是什么?最让老板烦心的事情是什么?"

"当然有啊,哪家公司供应链管理都有问题。供应商管理、采购成本控制、廉洁度管理、呆滞料管理、供应链审计等问题都有改善空间。"

米豆:这些所有问题中,哪个问题是公司最关心的,是您可以很好调配资源解决,并且能做出成绩来、最能体现您价值的问题?"

"嗯,这个问题我得想想……"

米豆:"我在想,您可以结合自己这些年的公司背景和工作经验,打造一个属于自己在供应链领域的特色 IP,比如徐真带你看供应链、徐真供应链世界、徐真和他的供应链、徐真学供应链等,可以通过视频或者文字的形式去讲述。立足您现在所在的公司,通过您开展的一些专案或者项目,把相关的实操进行知识萃取,转换成知识产品,比如培训课件,先在公司讲,业余时间可以在自媒体平台分享。这样一来,既完成了公司希望您去解决的问题,又能帮公司培养相关的人才,还能打造属于自己的培训课程,打造属于自己的 IP,为退休后的生活开辟思路,这可是

第六章　下雨时倚楼听雨，天晴时逐鹿江湖

实现自我价值的最高境界。"

阿广："这个听起来不错，姐夫，可以好好研究一下。等你的产品成熟了，有一定影响力之后，就可以自己干了。"

"可是，我现在最大的问题是不想去上班，一天都不想，太熬人了！"

米豆："但是，除了去上班，赚取足够多的收入来维持家庭开支，目前看来并没有什么更好的办法，也没有什么更好的退路。换工作，这个事情您已经做了两年多，以您的背景，应该很多猎头联系过您，结果您也是知道的，一句话，高不成低不就。创业是有风险的，您的家庭抗风险能力相对较弱，可以赌一把，但并不是现阶段最明智的选择。随着年龄的增长，您的市场竞争力会逐步偏弱，那从现在开始就要做一些抵御风险的准备，比如知识变现，打造专属于您的培训产品，再比如您的夫人是否可以做一些轻资产创业，您是稳定的，她可以无后顾之忧地去尝试另一条生存之道……"

他们聊了很久，米豆就差点没点破徐真放不下自以为是的虚荣心，总觉得他的下属不如他，总怀疑公司的安排有问题，因此一直把自己困在过去和现在的境地中，无法走出来，他又怎么会开心呢！

米豆："公司是甲方，是绝对的强者，公司能做出调岗的决定，就不会担心你流失后带来的影响。公司需要发展，发展就需要调整，如果决定死磕职场，那么就要努力成为被向上调整的对象，而不是向下调整的人。

听到这里，徐真十指交叉，紧紧握拳……

下雨了，还不小。

徐真家里来了电话，他得先走了。

徐真对米豆是各种感谢和感激："听君一席话，胜读十年书！"

看着他离开的背影，米豆心里对他说："祝一切顺利，如你所愿！"

徐真走后，米豆和阿广继续聊天。

你姐夫真不容易啊，他在家里开心吗？

"那必须开心啊！全家人都指望着他呢，还不供着点！他确实不容易，肩上的担子重……"

徐真一直没等到滴滴车，看着呼啦啦从天而降的雨，想着刚才米豆给他的建议，像是想清楚了，又好像隔着些啥没有完全明白。他摸了摸全身，就一个手机，他去小店买了个防水手机袋，装好手机后，他没有犹豫，径直走进了大雨里……

雨水很快打湿了他的头发和衣服，雨水顺着他的头发打湿了脸颊，他能清晰感受到雨点砸在身上的轻微震动。迎着路上行人异样好奇的眼光，他一开始会觉得自己是个另类，不敢看别人的眼睛，绕着别人走。走了四五分钟他才发现，每个人都在自己的路上走着，关心着自己的事情，对于选择淋雨的他要么漠不关心擦肩而过，要么转头撇他一眼，要么装作没看见，谁会在意你是谁，谁又会关心你冷不冷，谁又关心你发生了什么事情，在意你的一直只有自己而已……

是啊！自从自己调岗以来，每天都不开心，总觉得别人在背后对我指指点点，说我没本事才蜷缩在公司，说我太憋屈被曾经的下属管，说我年龄大找不到工作好可怜。而我呢，一直敏感地留意着别人的语言、行为甚至是眼神，不管什么时候，总是要表现出自己比领导更懂，总想证明公司对他的调岗是错误的决定，在日常工作中总是给曾经的下属和现在的领导深深的眼色……

虚荣、虚伪、傲娇，真正凭实力把自己活成了自己讨厌的样子！

突然间，他的任督二脉好像被密密麻麻的雨点打开，感受到了从未有过的轻松感。他不再在意别人看他的眼光，朝着家的方向快步走去。

希望公司和领导还没放弃我！

从明天开始，倒空自己，重新出发，力争对得起专家的称谓，希望还来得及……

三智言语办公室。

"豆儿，跟我去谈一个客户？"Enya 在米豆小组办公室门口说道。米豆已经忙得冒烟，BD 不是她的主要工作，米豆婉拒了。Enya 软磨硬泡才把米豆拉出来。

路上，米豆才知道是 J 公司的事情。因为 J 公司在猎头圈里的口碑并不好，去年就有朋友推荐过，只是那个时候实在忙得没人手，再加上行业合作口碑差，当时决定不接。J 公司 HRD 不知道从哪里拿到 Enya 的电话，邀请 Enya 去他们公司面聊合作事项。米豆团队最近三个月交付了公司难度排名前三的四个岗位，交付压力变小，Enya 这才想着把 J 公司给米豆小组做，所以强行拉着米豆去做 BD。

J 公司目前人员规模 4 000 多人，是一家互联网平台公司。

一阵寒暄后，HRD 梅女士把一张猎头招聘岗位清单递给 Enya 和米豆，一共 18 个岗位，年薪在 50~80 万之间。看着这单量，Enya 心里暗爽。

Enya："梅总，请教一下，应该有不少猎头公司与贵公司合作，目前是什么原因引进新的供应商呢？"

"目前业务发展比较快，对人才的数量和质量都有更多更高的要求，为了更高效完成人才交付任务，需要增加供应商。听朋友说你们公司不错，这不就对接上了嘛！"

听到别人夸奖，Enya 心里乐开了花，加上这个 HRD 待人接物、沟通表达给她很好的印象，她想立马合作起来。梅总对 J 公司做了详细介绍，公司具有不错的行业品牌影响力，提供的岗位薪酬也具有吸引力，这样的情况下，看看他们公司目前合作猎头的数量和合作情况就可以决定能不能合作了。

米豆："梅总，贵公司的猎头合作有统一的合作协议，还是各猎头公司用自己的合作协议呢？"

"我们公司有统一的合作协议！"梅总说完从桌上拿了一份纸质协议递给米豆，四个条款深深吸引住米豆的眼睛。

一、若乙推荐候选人工作地非深圳，候选人因面试产生的交通、住宿、餐费均由乙方负责；二、若乙方推荐的人才未通过保证期，乙方需全额退还甲方支付的猎头服务费；三、若乙方推荐的人才被甲方认定简历造假，需赔偿甲方该候选人招聘服务费的三倍；四、候选人入职满两个月后，乙方启动付款流程，甲方自收到乙方付款凭证之日起，一个月内支付全款。

米豆看到这些条款，心里一阵反胃。真是甲方与生俱来的优越感啊，字里行间透露出甲方的霸道、傲娇和高高在上。

米豆在想，也许很多猎头公司迫于甲方的要求签订了这份协议，但在私下里都会骂爹骂娘，什么玩意儿！

这也难怪 HRD 要开发新的供应商，估计没几家猎头公司愿意去做他家的订单。因为 J 公司把想要占便宜、想要零风险、想要压榨乙方用条款的方式固定下来，一副我什么都要，你要跟我合作，你什么都得给的样子，绝对的强权和霸权！

米豆把合约递给 Enya，Enya 看米豆递给她的眼神，盲猜合作条件不是那么友善。

Enya 跟梅总聊起来："梅总，请问一下，目前与贵公司合作的猎头的交付情况怎么样？"

"还行吧！有些家交付还不错。说实话，有些不怎么样，所以要新增供应商。"

"很荣幸我们能成为您备选供应商之一。冒昧的问一下，您方便说一下目前合作的猎头供应商的数量吗？"

"有交付就两三家吧！"

"谢谢您的坦诚。我刚才看了贵公司的合作协议，对于异地候选人差旅报销这块是这样一个情况，为了给甲方提供尽可能多并且合适的候选人，我们不限定只在深圳地区找，否则会影响交付的速度和质量。来拜访您之前，团队研究过贵公司目前竞手的分布，主要是在杭州、武汉和重庆，如果想要在对标企业寻猎人才，那势必会产生不少的差旅费。您也知道，我们猎头公司的模式比较特殊，并不是签订了合作协议就可以收取定金，而是候选人录用之后才会收取，企业一般都会签订至少 2 家以上的合作伙伴，因为不一定会录用我们推荐的人才，也就意味着我们投入的成本可能零收益。还有一种可能，如果我们承担差旅费用，我们投入的成本可能比贵公司支付给我们的费用还高，这样的话，这生意就很难做了，您说对吧！"

"怎么可能啊，Enya 真会说笑。"

米豆："梅总找到我们公司，相信对我们的口碑有一定的了解，目前我们并不缺订单，大部分是独家代理。猎头的收入靠提成，每个人手上至少有 3 个岗位，猎手一般会优先处理对他们有利的岗位。"

"是吧！"

"另外，合作协议中有一条退款的约定，我跟您报告一下我们内部的工作，一个订单的交付分为 sourcing、初选面试评估、复审面试评估，两轮面试评估通过后，我们会将合适的候选人做面试评估报告并推荐给甲方。甲方启动简历评估，通过的候选人我们协助安排面试。一般来讲，一个岗位，我们要推荐至少三个以上的候选人才可能会到录用环节。每推荐一份合适的简历报告，sourcing 团队可能要看上百份简历，面试组需要面试十人左右。也就是说，推荐候选人给甲方的这个过程，我们需要投入很多时间和精力，有些困难岗位可能会投入更多的时间……对于一些特别优秀的候选人，为了能说服他们看工作机会，我们还会出差到候选人所在的城市，会产生差旅费等。我们的成本有房租、人工工资、差旅费等，如果候选人没过保证期退款，对我们来说是极为不公平的，也是不合理的。如果保证期内因为候选人本身的问题不适合，我们会再推荐合适的人才，同一个岗位最多推荐三次，如果经过我们公司的筛选和贵公司两三轮的面试，三个候选人都没能通过保证期，我们认为候选人不适合的原因不一定是员工或者猎头公司，有可能是企业的岗位定位、管理者风格或者组织氛围等原因造成。我们已经最大程度保证企业支付一笔招聘服务费的安全性和有效性，也希望甲方能考虑到我们的投入和付出。"

米豆说到这里，梅总的脸色已经没有刚才那么和悦了。

Enya："谢谢梅总能耐心倾听我们的工作介绍。我们非常非常想跟贵公司达成合作意向，米豆是我们团队最强的组长，听您说在招聘上遇到困难，我今天强行把她拉出来，看看有没有能帮助到您的地方。"

梅女士微笑着说道："双方要达成合作，那自然是要了解彼此，我觉得挺好的。听米小姐刚才的介绍，我觉得贵公司的工作非常严谨，很期待合作！米小姐，你看看还有哪些条款是有争议的。"

"梅总，条款中三倍赔款这个问题，我想说明一下。我们招聘的人都会严格把关背景真实性，但是不排除有些候选人会有所隐瞒，所以呢，贵公司也需要做背调。"

"哎，对了，你们公司做背景调查吗？"

"梅总，关于这个问题，很多合作伙伴都会提议让我们去做背调，我们内部也讨论过，因为我们员工数量大，每个人品行不同，交单率影响猎头的主要收入，不排除我们的猎头在利益驱使下帮助候选人隐藏不真实信息，也就是所说的既是裁判员，又是运动员。为了双重保证候选人背景的真实性，我们不做背调。什么是双重保障呢？猎手为了确保候选人在甲方背调能顺利通过，能通过保证期拿到提成，一般会想尽办法真实呈现候选人的背景和工作履历，甲方在这个基础上再做一次背调，真实性就有了双重保障。"

"有道理，我们也不准备让猎头做背调。你刚才说的有些公司 HR 让猎头做背调，基本就是 HR 不当责的行为，简单理解为懒惰，复杂的工作都想丢给猎头，自己做甩手掌柜。我这边是不允许的，该是他们做的工作就不能假手于人。"

"梅总真是大格局！" Enya 恰如其分地互动着。

"关于付款问题，就如同刚才跟您分析的一样，我们投入了时间、物力、人力，需要对员工的付出有反馈。签订猎头合作协议，并不会产生任何费用，我们目前的合作是入职收取猎头费的 50%，保证期通过后再收取另外的 50%。对于贵公司的合作条款，是最大限度保证了贵公司的利益，但对于我们公司而言就相当不公平了。"

"哈哈哈哈……" 3 个人都笑了。

J 公司协议中还有其他不公平条款，比如年薪的计算方式、面试流程及简历有效期保护等。这些虽然不合理，若 J 公司诚心合作，都无伤大雅，米豆并没有提及。

Enya笑呵呵地说道："梅总，米豆刚才把我们公司的工作模式给您详细做了介绍，您看是否可以取消退款和赔偿条款；付款方式采用目前猎头行业的行规，入职支付50%，保证期后支付剩余的50%；关于异地候选人到深圳面试的差旅费，目前我们合作的企业都是甲方承担，这四条是否可以调整一下呢？"

梅总也笑了笑道："Enya，我非常理解你们的工作困难。这些条款不是我设定的，是老板让法务拟定的，我们现在合作的猎头公司之前也提出过这些问题，我们内部都沟通了好几轮，但是老板不让步，您说怎么办？"

Enya："人力资源部的负责人不是您吗？老板还管合作条款的细节呀，您跟他反馈过这些条款对合作伙伴来讲并不有利于双方长期、可持续发展吗？"

"当然提过，但是没同意啊！"梅总无奈地摊手说道。

Enya："这样听起来，您的老板是比较强势的风格，也是操心的命啊！"

"也还好。"

Enya："其实嘛，合作伙伴要相互尊重和理解，才能谋求共赢，合作才能有效和持久呢！您这边的情况我们已经非常清楚明白，我们的合作模式也跟您做了分享，我们回去仔细评估一下，晚些时候联系您。您看，可以吗？"

"好的，好的……"

走出J公司，米豆问Enya这个订单还需要评估吗？

"垃圾，还评估个毛线，她以为她是谁呀，这样的合作条件，谁愿意合作谁去合作，反正我们不做！脸上就差写我想要白嫖的字样了。这个 HRD 也太弱了，人力资源部的事把责任推给老板，如此无能，这样的合作条件，哪个猎头帮她找人，招聘任务不达标，老板不会说猎头公司无能，而会说她无能，猎头资源都给你了，还做成这鬼样！自以为是给公司节约了成本，降低了风险，其实是一顿白痴的操作！白白浪费我们的时间去解释……"Enya 气得够呛。

这个 HRD，如果真如她所说是老板的决定，那趁早离开这个公司吧！作为一个部门的负责人，没有一定决策权和影响力，完全是个提线木偶，有啥意思！如果是她假借老板名义在外行事，那也真是愚蠢。拿着这些条款在老板面前邀功，其实是在做烂自己的口碑啊，拿起石头砸自己的脚……"

"合作是要谋求双方的共赢，仗着自己是甲方就可以随意欺压别人，这样能走多远还真不知道。把这个 HRD 和这家企业拉黑，找那些相互欣赏、彼此尊重的客户……"Enya 说完，一脚油门窜了出去。

米豆手机屏幕亮了，荷叶发来微信："姐，什么时候回来？我们有个候选人被跳单了，我们商量一下怎么处理！"

什么鬼？今天是诸事不顺啊！

"怎么了？"Enya 问道。

团队说我们被跳单了，还不知道是哪个客户。

"恶心不恶心，什么企业啊，猎头费都想赖账，真是厚颜无耻！"Enya 火冒三丈地说道。

"你也别生气了，先专心开车。林子大了什么鸟都有，等我先了解一下情况，再想解决办法。我们签有协议，你怕啥！我出解决方案，咱们再来讨论。"虽然在安慰 Enya，但是米豆内心也烦闷，最近遇到的烦心事儿真是一茬又一茬。

米豆说完，抬手看看手表。

2024年5月8日。

有利益的地方，处处都是设计和算计！生活和工作都得继续，必须得以满血去升级去打怪才行！时刻准备着！

下雨时倚楼听雨，天晴时逐鹿江湖！

第七章　江湖，处处皆是风和雨

三智言语办公室。

荷叶非常激动地跟米豆控诉被跳单的事情："今天K客户新增了一个硬件总监的需求，我看了JD，想起我们库里有一个候选人章晓很匹配，大半年前把他推荐给F客户，后面因为岗位暂停招聘就没继续推进，所以我就联系了章晓。你猜怎么着，他居然嘲笑我——做猎头要有职业道德，把他卖给了F公司，又想卖给K公司。我都震惊了！"

"你有没有跟他说F公司背着我们悄悄录用？"

"没有，我什么都没说。"

"F公司什么时候也变得如此下作了，真是没格局。我们商量一下解决办法。"

"我们三个讨论了四个办法，豆儿姐，你看看哪个比较好。第一，先礼后兵。我跟候选人电话沟通的时候录音了，入职时间、担任的岗位、上级等信息都拿到了，但是作为证据还是不足，需要拿到他的工牌信息、这个不难获取。等把证据链做足，跟他们招聘对接人沟通，看看他们的态度。如果这个环节能处理，那就最好。如果不行就得上升到他们HRD，如果HRD也不解决这个问题，只能让Enya出面沟通他们的老板。第二，如果先礼后兵不行，就在社交平台曝光，给他们压力。第三，如果前面两个方案都不行的话，就只能起诉了，用法律的手段来保护我们的利益。第四，为了这个客户，我们就忍气吞声，当作什么都没发生。"

"怎么可能当作什么都没发生,坏人犯罪成本太低,这样会助长他们的恶劣行为。评估一下 F 公司目前的合作情况,评估一下这个客户有没有必要再合作下去。如果先礼后兵不行,就直接起诉吧!"米豆说道。

"豆儿姐,建议你跟 Enya 沟通一下。我看了客户来源,Enya 应该是认识 F 公司的老板。"

"如果是这样的话,那就简单多了。把证据链补充完整,让法务评估一下,我再跟 Enya 沟通!"

三个小时后,Enya 办公室。

Enya:"什么?不是其他公司,是 F 公司,你确定是 F 公司?"Enya 非常的惊讶!

确实,F 公司的老板曲总是 Enya 认识的人,他们是羽毛球球友,经常一起打球、一起吃饭、一起游玩。从他平日里的消费习惯来看,不该是这样的人。这个客户还是自己送上门来的,是曲总主动找的 Enya。

"我们跟 F 公司合作了两年,一共成了两单,一年一单。他们的招聘非常挑剔,往往都是要推荐几十个人才能成一单,让团队最抓狂的事情是候选人之间的比较。本来面试的候选人已经很合适了,HRD 会让我们再推荐其他候选人去面试,要最优秀的,比较来比较去,时间拖久了,之前面试的合适候选人入职了其他公司,又得重新招聘,感觉就是他们不想录用我们招聘的人……"

"什么呀,这 HRD 也太不专业了吧,她以为是买白菜呢,货比三家,人才招聘不就讲究的是一个适合吗!比来比去,优秀的人不就跑掉了!我不相信她不知道这个道理。"

"是的,我们接了 F 公司 11 个岗位的招聘,每个岗位平均推荐了

21个候选人，有一个软件研发专家岗位，推荐了32个人。比来比去，他们看上的人，看不上他们；或者一开始面试的时候觉得不错，比较了半天，想要录用之前看上的人，候选人因为他们决策太慢，担心入职后的工作也是这样拖拖拉拉，最终选择了其他公司。"

"F公司合作应该不止我们一家猎头公司吧！"

"我觉得至少两家。我们是不是陪跑的那一家？以我们团队的交付能力，11个岗位不可能只招聘2个，我猜想可能是其他猎头公司实在找不到人，业务实在催得紧急，没有办法才录用我们推荐的人。"

"这个HRD跟这家猎头公司是不是有合作？不知道从中拿了多少个点，如果敢收，我们也可以给啊！"

这个好难哦！人家收钱怎么会让我们知道呢！再说了，他怎么会信任我们，这要是没有长久的合作和绝对信任，他肯定不敢！

"哎，金钱让人迷失啊！这个客户，还想做不？"

"如果现状没什么改变，我觉得没必要继续合作。我们真心真意待别人，别人为了利益肆意践踏我们的真心和付出。一年给我们十几个岗位，让我们成一单，其他的陪跑，我有病啊！我们不缺这两个订单，把精力放在尊重彼此的客户上，打造长久合作关系，谋求双赢。"

"好的，那我找个时间跟曲总沟通一下，探一探他们未来的人才需求，评估一下是否继续合作，然后再决定怎么做！"

"如果有可能，记得把被跳单的服务费拿回来哈，十几万呢，我们的辛苦付出啊！推荐了20多个人去面试，最终还被跳单！全身血液都流淌着不开心！"

"别着急，我先约曲总的时间！"

F公司。

Enya一身高定职业套装，妆容淡雅，信步走进F公司所在的商务大楼。

Enya礼貌地给曲总发了微信："曲总，我到您公司一楼了，现在上来方便吗？"

"我把好几个事情都推了，就等你过来指导工作，你就在一楼，我来接你。"

"别，别，我已经坐上电梯，马上上来……"

叮，电梯在30楼停下。

曲总和Enya四目相对，曲总皱眉打量着Enya。

"见惯你穿球服的样子，还没见过这么职业和精致的你，搞得我都不敢相认，怕叫错！"

Enya笑呵呵地伸出右手跟曲总握手："曲总，我来您公司拜访您，穿球服咋行，您还亲自出来接我，受宠若惊啊！第一次来您公司，真是气派。"

两人相互吹捧后，曲总带Enya参观他的公司……

Enya听得入迷，第一次对F公司的产品和运用场景如此具象化。经过曲总的亲自讲解，结合她日常生活中对曲总的了解，F公司的未来不容小觑，这个可能是潜在的大客户，不能失去，她决定调整今天的谈判策略。

参观完公司展厅后，Enya和曲总去了他的办公室。

"之前邀请你好几次都不来我这里，今天虽然是阴天，太阳一定打西边出来了。"曲总一边泡茶一边打趣道。

"之前怪我太不懂事儿了，也怕给您添麻烦，想着每个星期都要打球，若是再来公司叨扰您，怕您看着烦啊！"

"哪里话！无事不登三宝殿的人，找我啥事儿？"

"曲总真是爽快人，本来还不知道怎么开口，您这么一说，真是搭救了我可笑的羞涩啊！"

"现在的你可不像球场上杀伐决断的狠人，哈哈哈！"

"是这样的，今年的行情特别不好，我们的订单下滑严重，我的很多客户不仅不招人，还在裁员。我现在想把已有的合作客户都深入沟通一下，一是加强互动，二来也想盘点一下需求，看看如何应对接下来的寒冬，毕竟还有三四十号员工要养，所以今天就来拜访您，看看有没有可能深入合作一下。"

"不可能吧。三智言语的名声在业内响当当的，怎么可能像你说的这样可怜巴巴！"

"哎，曲总，还没让您帮我，您就如此捧杀我，真是的！俗话不是说三十年河东，三十年河西嘛！公司的发展不都是一上一下，起起伏伏，说起来都惭愧。"

"你要不是我们的合作伙伴，你说的我都信了。我去年用你们公司招了20多个人吧，至少给你贡献了200多万的猎头费吧！今年做预算的时候，我还特别看了看，我还以为你今天过来是感谢我和准备请我吃大餐的！"

"曲总真是说笑了！我们上周刚开完复盘会，您这边，我去年就招了2个人，哪来的20多个人啊！您看到的数据应该是贵公司所有猎头渠道的费用吧！"

"怎么可能才找了2个人，这不是你的效率啊！"

"说来惭愧啊，我上周开完会也批评他们，恨不得把脸埋进地毯里。只是您这边对人才的要求太高，我们一个岗位推荐二三十个人都入不了您的法眼……从这里也能说明,我们公司与行业里面优秀的猎头公司存在极大的差距,需要努力的空间还很大。如果方便的话,曲总悄悄告诉我是哪家供应商,我让团队好好去学习一下。"

"这有什么不方便,我问问。"

曲总拿起电话打给 HRD 曾晓宇,问公司目前合作了几家猎头公司。曾晓宇说两家,一家三智言语,另一家 J 公司。曲总让曾晓宇把这两家公司招聘数据发一份给他。

曲总一边跟 Enya 聊天,一边留意着手机,看到曾晓宇发来的数据,J 公司招聘了 23 人,三智言语招聘了 2 人。曲总又让曾晓宇把 J 公司的简介发给他,一直迟迟未发过来。曲总打开企查查,公司成立时间 1 年半,成立一个半月后成功给 F 公司招聘了第一个人……

"Enya,你们猎头这个行业挺神秘的,有啥逸闻趣事可以分享的,甚至说有啥灰色地带?"

"神秘?跟您的科技公司研发比起来那简直就弱爆了。猎头只是一种辅助企业招聘的招聘渠道而已,让您能更加快速、精准获得公司想要的人才!您说的神秘应该是江湖上流传的或者电视上演的吧……"

"哈哈,不是说有些猎头为了交付优秀的标的,化身男朋友、女朋友,交单后立马分手吗?"

"林子大了啥鸟都有,这样的情况肯定有,但是毕竟是少数。噢,有一种情况算不上神秘,倒算是行业潜规则。"

"来来,分享一下,分享一下。"

"我做招聘,今年是第 18 年,猎头公司做了 8 年。很负责任地跟您说,猎头公司的成单率决定因素不全是我的团队有多强大,猎手交付能力有多强,最重要的一个因素是"朝廷"是否有人,这是影响成交率非常关键的因素。

"朝廷有人？"

"是啊！有人的地方就有江湖，有生意的地方就有利益，有利益的地方就有规则。比如，有些HRD或者招聘负责人会选择跟他熟悉的猎头公司合作，在生意场上，你帮我，那我肯定得要感谢啊！懂事儿的猎头公司当然会给提成喽，提成比例就看他们之间的约定或者默契了。我见过胆子比较大的HRD，直接开口要，如果我想跟他合作，就需要给他20个点。我当时开玩笑地跟他说，20%的抽成，我公司是否可以拿下这家公司的独家招聘？他说不可以，只能提前1周open岗位给我们，我当时都笑了！我很喜欢跟这种爽快的人合作，省了很多麻烦。也有胆子更大的HRD或者是招聘负责人，直接和朋友合作开猎头公司，一个内、一个外密切合作。也有一些不要命的HRD或者招聘负责人，自己和招聘团队成立一家猎头公司，公司自己招聘团队要找的人，说是猎头公司推荐的，这样就可以有好多工资外的收入了，哈哈哈……"

"这不是损公肥私、行贿受贿吗？这怎么可以？"曲总听得眉毛都拧在一起。

"在生意场上很正常吧！这不跟我们销售拓展业务一样吗？"

"怎么能一样。销售拓展业务是为公司业绩，公关费用都是审批后使用的。HRD或者你讲的招聘负责人这么做，属于明目张胆地侵占公司资产，如果证据确凿，可以移送司法机关了吧！"

还好，还好，就看公司的管理要求了。最关键的是，他们怎么做，你也不知道，也无从查证。更何况，他们不管用什么猎头公司，都会给你的公司招聘到优秀的人才，所以我才说，朝廷有人好办事儿嘛！我今天就是过来拜访您，看看有没有大腿可以抱一抱！但是，不给你好处费，哈哈哈……"

"开什么玩笑，还需要啥好处费，你帮我解决人才大问题，我得给你好处费，怎么搞反了！我今天真是一直等你来啊，你不来，我都要找你的。公司有新产业布局，需要你帮忙搭建团队。"

"真的！太感谢您了曲总，我还担心明年喝西北风、睡大街呢！如果真这样，您真是救了我和公司一命啊！"

"客气哈！就像你经常说的那句话，相互欣赏，彼此成就！"

曲总说完，让助理把 HRD 曾晓宇叫过来。

"晓宇，Enya 是三智言语的老板，我很好的朋友，咱们公司新业务人才的组建工作，我请 Enya 帮忙寻猎人才……"

听到这话，曾晓宇看 Enya 的眼神有些不一样的味道。Enya 起身跟曾晓宇握手打招呼。

等曾晓宇坐定后，Enya 微笑着对他说道："曾总，有个事情想跟您确认一下。"

"您请说。"

"我公司去年 11 月份推荐了一个硬件总监章晓，估计您没啥印象，当时因为招聘暂停没有入职。上周我们有另一个客户需要招聘硬件总监，团队联系他的时候说已经入职贵公司，他还半开玩笑地指责我们没有职业道德，把他卖一次不够，还想再卖一次，同事都蒙了！因为候选人质疑我们的职业道德，您方便的时候，麻烦您确认一下哈！"

"啥意思？"曲总皱眉问道。

"曲总，这事儿不是很清楚，我得去查实一下，晚些答复您！"

"Enya，啥意思。"曲总显然不满意曾晓宇的回答。

"曲总，我先去查一下，然后给您详细汇报。"曾晓宇插话道。

曲总的话被曾晓宇打断，他眉毛上挑，显得很不开心。Enya 见状赶紧解围道："是这样，曲总。我们去年给贵公司推荐了 19 个硬件总监候选人，其中有一个叫章晓的，当时没有录用，我们就把他归入人才库。前两天，一个客户给了我们一个需求，看 JD 要求跟章晓的背景非常匹配，同事联系章晓才得知已经入职贵公司，不知道是否属实，所以想让曾总帮忙查证一下。因为贵公司很大，负责招聘的同事也多，可能是执行招聘的同事不清楚这个候选人已经被我们公司推荐，中间有些信息差。"

"如果是事实，我们得付费才行，是吧！"

"不用，这个候选人已经在您这边工作了六七个月，我只是需要确认一下事实。一来要更新他在我们库里的状态，便于我们后期人才跟进；二来，我们也要复盘工作上哪些没做到位，导致候选人对我们产生坏印象。当然，大原则是不要因为这个小事儿影响他的工作。因为我们不知道他已经入职贵公司，给他推荐新工作时，他婉言拒绝，表达在这里工作很开心，非常有成就感，组织氛围也很好，这比什么都重要。我们猎头公司存在的价值就是给人选找到他满意、能发挥能力、有成就感的工作，同时也让客户满意，让客户觉得花这笔猎头费是值得的，这是我们追求的共赢！所以呢，这个候选人的费用就免了，这笔费用在您给的新项目人才招聘中再挣回来，可以不，曲总？"

"这怎么行，一码归一码。"

"您要这样，我就不好意思再跟您继续合作了。今天过来是客户回访和了解您这边明年的招聘需求，您这样，大家都好尴尬啊……"

曾晓宇被曲总眼神杀后在一旁没说话，但是他看 Enya 的眼神却内容丰富。听到 Enya 这话，他嘴角轻微收缩，一脸不屑地在心里骂道："你来这里不就是为了说这件事情吗，还玩什么清高，搞什么欲擒故纵，臭不要脸的贱人……"

"这样，我了解 Enya 你的风格，如果没有确定的事情，肯定不会说。是我们工作上的疏忽和失误，既然你这么大方，我也得拿出合作的态度。以后，你就作为我公司独家人才招聘供应商，我也不想去找其他供应商比较，这样，有什么问题我好直接找你，你看可好！"

Enya 听到这话心里开心得不得了，自然是千谢万谢！她自然地瞟了一眼曾晓宇，曾晓宇的脸色充满了尴尬的笑容……

Enya 离开后，曾晓宇敲响了曲总办公室的门。

"曲总，我想跟您沟通一下猎头供应商的问题。我们目前合作的另一家供应商去年给我们招聘了 23 个人，招聘效率和质量都很高，您看是否可以继续用他们。"

"对了，我要的公司简介呢，怎么还没给？"

"刚问了，听说是您要看，他们正在更新，一会就发过来。"

"这家公司似乎是专门为我们公司成立的，成立一个半月就在我们公司成交一笔订单，去年一年完成 23 个。我让财务查了一下，成交 289 万。招聘这 23 人，提供总简历数是 67 份。三智言语，入职 2 人，加上我们跳单的 1 人，提供了 109 份简历。晓宇，从这些数据上看，挺让人意外的，你觉得呢？"

"曲总，是这样的……"曾晓宇结巴地说着，他能明显感受到自己在颤抖，声音都在发抖。

"我的风格大家都知道，我最讨厌损公肥私的人。让我在朋友面前失掉面子，你真行……你先出去，自我反省一下啊！"

曾晓宇脑袋里嗡嗡作响，他机械地退出了办公室。他想解释什么来着，但是不知道从哪里开口，他坐在自己的办公室里想该怎么办？

咚咚，有人敲门。

"请进！"

"曾总，刚才接到曲总的电话，让我们对人力资源部实行例行审计，需要您配合一下……"审计部黄文说道。

"审计！"

"是的！"

三智言语办公室。

Enya一回到公司就去了米豆办公室，大家听完Enya的分享都沸腾了，办公室又是掌声，又是笑声。

"我们真拿下独家了？"米豆再次确认。

"曲总确实是这样说的，当着HRD的面，但是具体执行中是否有偏差，那就不得而知了。F公司今年和明年应该有几十个招聘需求，我们只要拿下十来个就可以了，我们不能太贪心。独家，别以为很容易哈，对我们的招聘速度、质量和效率都有极高的要求！"

"老板只管签订单，剩下的就交给我们。Enya，F公司让我们来跟吧！一直是我们在做，荷叶还被跳单，我们需要安慰。"

"大部分给你们，也分点给其他组哦！有些小单配不上你们，是吧！荷叶被跳单，又是自己发现的，我会从公司给你申请补贴，不会让你吃亏的，放心吧！"

"谢谢老板！"荷叶满满地感动。

曾晓宇像平时那样下班了，直到上了自己的车，关上车门的那一刻才深深吐出挤压心底的那口怨气，然后打电话给他的合伙人。

电话那头："老板，下班了没。"

"阿力，F公司的单怕是不能做了。"

"什么！怎么了，被发现了吗？"

"嗯，被一个死女人横插了一脚，就是我们现在合作的那家猎头公司，她是我们老板的朋友。真是晦气，烦死了！"

"那后面怎么办？"

"我们老板说了，后面让这家猎头公司独家，他大爷的。"

"没有一点办法了吗？"

"不行了。我不知道那个死女人跟我们老板说了什么，老板让审计审我。"

"你看吧，我之前让你不要太过分，你不听！树大招风，哪怕我们做三分之二，他们做三分之一都行。你看，现在这情况不是很尴尬吗？关键啊，你们马上启动新项目，那可是白花花的银子啊！"

"我知道，别说了。你再仔细复盘一下整个过程，看看有哪些地方有风险。我这边也再开发些客户，不做F公司，我们一样能做好。"

"现在也只能这样了！只是太可惜了，哎！你盘点一下跟你关系铁的HR同僚，不然也不好做啊……"

挂掉电话，曾晓宇的合伙人怒骂道："蠢货！"

他们俩以前是朋友，没有利益往来的时候可以算哥们，自从跟他合作招聘，才知道这个人心黑，无底线，无原则。要不是为了跟他合作搞钱，他不会再跟他做朋友。

刘必成代表公司正式跟YOK签订战略咨询合作协议。汪总还是担心他没有甲方经验这个点，但非常认可他的能力，指定他作为公司顾问。汪总不怕花钱，怕决策错误，也想通过一年期顾问工作来评价这个人的各方面。一年后，如果合作愉快，彼此欣赏，再决定是否录用。

汪总虽然这么决定，但也不知道一年后的情况，所以还是让猎头公司继续推荐优秀的人才。因为刘必成的事情，他更加信任米豆团队，因为他们出具的候选人分析报告非常客观和深入，跟他的判断差不多，非常专业。

米豆团队经过一段时间地深挖，准备推荐两个人，一位男士，一位女士，等待汪总筛选简历。

女士：田若菲，从学历背景、咨询公司背景、甲方经验、项目经验都非常合适，唯一的弱项是年龄，43岁，恰好在客户要求的年龄上限。米豆跟田若菲电话聊了一个半小时，对她的专业能力、职业素养、沟通影响力、思维敏捷性都有极高的评价，除了年龄问题，其他方面堪称完美。她还让团队按照田若菲的履历路径去做sourcing。

两天后，YOK公司反馈简历筛选结果，结果让米豆惊讶不已。老板希望这个候选人是男士，因为要经常陪老板全世界跑，从时间、精力和工作强度来看，女士可能会有些吃力，并且女士需要照看家庭，要照顾孩子和老人等，无法全身心投入工作。

米豆从事猎头工作的这些年，对于女性应聘者，经常听到这样的反馈和评价。是的，客户说的是事实，但是每次听到后都觉得不舒服。女性要走上职业巅峰，需要比男性付出更多的时间和精力，真是太不容易了。不管有意还是无意，因为性别被质疑、被歧视，还没跟男性比拼功法，因为是女性，一开始就失败了。

满满的不公平写满了整个内心，那又怎么样？没办法，因为那是客户的要求。

米豆怀着惋惜给田若菲打去电话："田女士，您好！不好意思，简历评估没有通过,我这边帮您留意其他机会,有合适的推荐给您。"

"什么原因,方便说一下吗?"

"首先,客户设置这个岗位的目的是实现公司国际化发展问题,需要在全世界出差,工作量大,非常耗精力、体力。其次,作为母亲您还要照顾家庭、孩子、老人。再次,对于这个岗位老板希望是个男士,因为要陪老板应酬,女士的话不方便,太辛苦了!"

"这些没问题啊,我现在的状态就是这样!有什么问题呢!你把这个情况跟他们说明一下,麻烦帮忙争取一下。"田若菲说道。

米豆答应她再沟通一次。挂了电话,米豆去找 Enya。

Enya 仔细看着候选人的简历:"背景确实很适合 YOK,她现在 43 岁,已婚,如果是我用这个人,工作重点是公司国际化发展,年薪 500 万以上,我会担心她是否能将工作和生活更好地平衡起来。之前汪总说了,一年有大半的时间在外出差,我也会有这样的顾虑。43 岁正是年富力强的时候,只要身体没毛病,体力上,我觉得是可以跟客户争取面试。但是作为两个孩子的妈妈,她先生也很忙,我会担心她家庭和工作之间的平衡和她本身的稳定性!"

"要不你跟林佑沟通一下,看看有没有机会电话聊一聊,也算是给候选人一个交代。"

"豆儿姐,你想一下,有一种可能:这个机会她真的拿下来,真的入职这家公司,她可能会获得职业上的成就感和高薪。但是,她的两个孩子可能会因为她工作的繁忙缺失母亲的陪伴,因为孩子的父亲也很忙,孩子的成长谁来守护。还有她的父母呢!还有一种可能,因为长期的聚少离多,她和丈夫的关系会不会受到影响?我建议,你先跟候选人深入沟通一下再去沟通客户。"

/ 123 /

听到 Enya 的这段话，米豆说道："哎，男人就没有这些顾虑，女人真是不容易啊！"

"是啊！谁叫咱们女人有多重身份呢。职场上的女人不容易，要站上更高锋更不容易！面对各种各样的候选人，我们需要理性，让候选人和客户都是最佳的选择，这样我们的工作才更有意义……"

离开 Enya 办公室，米豆内心不平静。她被 Enya 的话深深触动，她决定约田若菲深入沟通一下。

青柠酒吧。

田若菲的着装，一眼就能看出是职场精英，样貌不算出众，但是大气、干练。两人寒暄后进入正题。

"米小姐，占用你下班时间，真是抱歉。自从你给我推荐这个机会以来，我一直在研究 YOK，公司基础很扎实，业内客户的口碑很好，如果能出海成功，那公司的业绩肯定会成倍增涨。"

"是的，田总。所以 YOK 公司才不惜花重金找一个战略专家组织落实这个事情，才找到您。公司领导比较严谨，所以要求比较高。"

"我看了岗位要求，简直就是为我量身定制的，真的太适合我了。我在全球一梯队咨询公司 6 年，跟进过 5 个类似的项目，这些项目现在都是业内响当当的企业。我跟你讲，之前跟进 Z 公司项目的时候……"

田女士如数家珍般说着她当年在全球顶级战略咨询公司工作的傲人战绩，脸上满是骄傲、自信和从容。米豆认真地听着和学习着，没有打断她，直到她意识到自己说得太多。

米豆：您的经验跟这个岗位匹配度非常高，这点不用怀疑。咱们今天主要聊聊生活的问题，给您分析一下风险，然后再去跟企业端沟通。

"好的，好的。"

"田总，真是羡慕你，事业有成，儿女双全，双亲健在，真是站在人生的巅峰啊！"

田若菲的笑容很甜，那是从内心溢出的幸福和甜蜜。

"算是吧，目前没啥遗憾的事情，所以想放开手在退休前干翻大事业，哈哈。"

"您的家人支持您的决定吗？"

"从小到大，我爸妈支持我所有的决定，所以我想他们应该不会反对。正是因为他们什么都支持我，造就了我非常独立的性格，分析能力、判断能力和抗打的特质。"

"在这样的家庭中成长，真好！您先生的意见呢，他同意吗？"

"他是一家公司的高管，每天忙得人影都见不着，我们都是各自美丽，彼此尊重，互不干涉。"

"真的！您不怕那么优秀的老公被别人拐跑了。"

"哈哈，曾经担心过，每天都神经质，心情很不好，还不停吵架，搞得自己像个怨妇，因此身体还出了点问题，幸运的是都治好了。从那以后，我把关注在他身上的精力全部放在工作、父母和孩子身上。男人有时候就贱兮兮的，你时时刻刻关注他，他还嫌弃你烦，嫌弃你管这管那，你一不关注他，你比他还忙的时候，他反而更加关注你，尤其是你身边有很多优秀男士的时候，他更紧张，哈哈哈……"

"有危机感了，哈哈！"

"我有几个好姐妹，大家经常一起讨论这夫妻关系。大家一致认为，女人在婚姻关系中的绝对自信和独立，来自于自己的事业成功。经济独立了，在家庭生活中才不会患得患失，也不会担心自己被抛弃，所以我最后选择了各种美丽，放他绝对自由，我才能自由。如果真的被别人拐跑，那只能说明我们不合适，那就分开呗。反正我有孩子，有父母，男人嘛，要不要都行，还满地都是，哈哈……"

田若菲整个人很洒脱，给人非常真诚和舒适的感觉，沟通影响力绝了。

"我特别感谢我的爸爸妈妈，是他们给了我生活的全部自信和底气，是我在面对挫折和打击时最坚定的信仰，没有什么大不了，我有爱我的爸爸妈妈和一双儿女，其他什么都不重要。所以，我可以放手去做自己喜欢的事情……"

是的，在这样的家庭中成长起来的田若菲，坚强、勇敢、果断、自信、从容。国内985大学本科毕业后被世界top10的某大学硕士录取，硕士毕业后很自然进入全球顶级战略咨询公司工作，6年多咨询公司经验。因为父母的原因，她选择回国发展，她当时拿到十来个offer，最后选择进入国内知名科技巨头做战略经理，5年后转入YOK同行W公司做战略总监，同行经验5年多。

"田总，很羡慕您现在这种状态。作为一个旁观者，对于YOK的机会，我想请教您如何去平衡家庭和工作，如何去衡量得与失，如何选择对自己来说是最大获益。您看，如果有机会跟YOK合作，就他们目前战略工作规划和未来工作重点，一年有七八个月时间都在国外出差，您的父母已经七十多岁，一个孩子初中，一个小学，您先生那么忙，他们怎么办啊？"

"我家有全职保姆，一个不够，我可以再请一个。我爸妈从家务中解脱出来，有更多的时间陪小孩，我爸妈很喜欢我的两个孩子，也很喜欢他们现在的状态。两个孩子也很懂事，知道我和爸爸都很忙，平日里自己能把很多事情处理好。"

"您现在虽然忙，但是除了出差，晚上和周末都会陪他们。如果您去到YOK工作，这种忙碌里面的陪伴都没有了。一般来说，父母都不愿意给孩子添麻烦，但是并不代表他们不喜欢或者不需要陪伴。但是孩子呢，虽然有爱他们的外公外婆，但是爸爸妈妈也很重要。比如中考，比如小升初，比如学校亲子活动等……"

聊到这里，田若菲若有所思。

"我从咱们聊天的内容来看，米女士似乎不想我去应聘这家公司、获得这个机会啊！"

"不，不，不，怎么可能！我可是猎头啊，我的工作就是专门为您推荐合适的工作，从中获得提成，我比谁都希望您能应聘上这个岗位！作为我们猎头而言，我是希望这个机会对您来说，对企业来说，都是最好的选择，是最适合的匹配。假如您获得这次机会，失去了比工作更重要的东西，很多年以后，您可能会想起我，心里会怨念我当时给您推荐这份工作机会，甚至会恨我这个人，这好可怕，哈哈！"

"是这个道理。那你有什么建议？"

"您的经验和背景对于YOK是非常适合的。您现在换工作，薪酬应该不是最主要考虑的因素，更多是自我价值实现，并且最大限度平衡工作和家庭的关系。我还没结婚，没有生孩子，从我的角度来看您的问题，如果有一份工作既能实现职业上的价值追求，又能陪伴父母和孩子，那是最好的。再来看看YOK这份工作，出差时间如果比七八个月更久呢？会错过孩子成长的很多瞬间，会错过陪伴父母的宝贵时间……"

"你说的这些都很重要，我相信我能兼顾。你们的职场氛围相对简单，与我们的不同，对于我们而言，身处职场高地，如果有一座你能看得见和够得着的高峰，如果不去奋力争取一下，这人生多不完美啊！人生短暂，总要为自己想要的东西拼尽全力吧，我不想留遗憾……另外，我想跟米女士分享一下，人每达到一个新的高度，就会看到不同的风景，比如不同的人脉，不一样的资源，不同的职业成就感。人只有到达一个高度，才会有更高级别的欲望和追求，我之所以成为现在的我，成为比大多数同龄人优秀的我，就是因为我是这样一个不断向上攀爬的人。所以，目前来说，还真想尝试一下这个机会，麻烦你帮忙推进一下……"

田若菲的一席话让米豆思绪万千。她说得对，又似乎不对，不知道是对是错，不想管她了。但是有一点对米豆的影响很大，田若菲活得很潇洒、很惬意，目前综合年薪三百多万，米豆以为她的职业已到达巅峰。需要顾及家人，需要平衡工作和生活，但是对于她而言，她所追求的跟作为普通人的米豆不一样。正如那句古语所说——燕雀安知鸿鹄之志哉！

回到田若菲与岗位匹配度的问题上，对于她而言，追求职业上的不断突破是她内驱力的原动力，所以不会出现客户担心的生活和工作平衡的问题。她是一个有野心和行动力的人，一个有专业知识的人，一个有行业认知的，一个有丰富战略管理实战经验的人，跟这个岗位的匹配度很高。米豆决定继续推进，帮她争取一次面试机会，至于结果如何，就看她是否能用专业能力和职业素养打动和影响到面试官，以及客户综合评估的选择了……

2024年5月23日 星期四。

走在街头，穿梭在人流中，我问自己，如果我是田若菲，是把事业放在首位，还是把家人放在首位？是把实现人生价值放在首位，还是把孩子的成长放在首位？是把无限追求个人成就感放在首位，还是把陪伴爱我的人和我爱的人放在首位？这一刻，我是混乱的！有个内在的声音告诉我，你需要向田若菲一样活得肆意洒脱，需要对成功有具象化的追求，

第七章　江湖，处处皆是风和雨

你需要太多努力和前行！加油，豆儿！

　　从娘胎里出来已然无法选择性别，那就勇敢做自己，勇敢做职场上的女战士，就像田若菲那样，像千千万万职场女性一样，做好时间管理，用自己的努力、工作态度、工作质量跟世俗的偏见和职场的不公做斗争，积极向上，成为让自己感动和耀眼的你！

第八章　知人者智,自知者明

晚上八点半。

"黄女士，您好！我这边是一家猎头公司，有个品牌总监的工作机会想给您推荐一下，方便吗？"荷叶正在给一位候选人打电话。

"还好，刚吃完饭，在陪孩子。"

"哦哦，如果不方便，要不咱们再约时间？"

"简单聊聊吧。白天公司上班，下班了回家还继续干，上班时间确实不方便，现在相对还好一点，只是没那么安静，小孩可能会捣乱。"

"妈妈，妈妈，陪我玩……宝贝妈妈先打完这个电话，你先玩一下球好不好……好……"

电话那头，是一个妈妈和一个稚嫩声音的对话，甜甜的，暖暖的。

"黄女士，您的宝贝好懂事啊！您有几个小孩，多大了？"

"两个，大的五年级，小的才三岁。什么公司，你介绍一下吧！"

荷叶把EYE公司及品牌总监岗位职责给黄女士做了详细介绍。

"这个岗位是新增还是替代。"

"替代。目前在岗的品牌总监非科班出身，内部转调上岗，目前的困境是工作达不到老板的要求，所以想外招一个专业性和落地能力强的人才。"

"这老板的格局和思维不够高啊，他以为什么人都可以做品牌运营吗？在一个专业领域没有十来年的深耕，系统的训练，无数项目案子的实操积累，怎么把品牌管理做好。我之前在咨询公司见过太多这样的老板。"

"是的，老板也是意识到了这一点，所以才下定决定高薪聘请一个品牌总监。"

"他们招聘这个人想立竿见影解决什么问题？"

"据HR的表达，公司的产品具有一定的行业领先性，但是品牌的影响力不够，营业额始终突破不了，老板想要通过品牌多维度建设，在有过硬产品品质保障和客户口碑保证的情况下助力产品销售额的提升。"

"做品牌需要花钱，资源支持这块不知道老板怎么想？"

听到这个问题，荷叶的回答不是那么肯定。如果老板连猎头费都不想支付，品牌建设的投入不知道他能批多少预算。如果不是米豆安排要继续储备人才，她都不想再继续花时间攻克这个岗位。

"黄女士，因为我是人力资源领域，对品牌管理和运营不太懂。我想请教您一下，如果企业要做全维度品牌管理建设需要花多少钱？"

"这个很难说，有几十万的，也有几百万的，甚至有上千万的，要看老板想要达到的效果和实现的目标。"

"作为公司的老板，如果意识到企业发展的限制因素，并且下定决心去解决这个问题，我觉得老板应该估算过成本投入。关键是公司发展这么多年，老板应该是不缺这部分资金。您的这个问题，我无法准确回答您，如果后期有面试机会，可以在面试的时候问问面试官。"

"好的！这个岗位你们推荐了多少候选人？招聘多久了？"

好有灵魂和令人尴尬的问题啊！这个问题把荷叶问倒了，如果如实回答，这位从履历上看非常合适的黄女士估计就会被吓退，更别说后期可能的对接了，但是也不能粉饰现状，如果有一天候选人真的入职了，可能会因为对实际情况不了解而误判导致离职。

"这个岗位比较波折，一年前找过我们，找了两三个月，推荐了十几个人后因为内部调岗暂停。最近，客户评估这个岗位必须要外招，又把需求给到我们，重新启动招聘。"

"这么一听都没什么兴趣了，感觉老板不知道品牌管理对企业发展的重要性。"

"一开始是这样，但是，经过这大半年时间的思考和规划，应该想清楚了，否则就不会说要重新招聘了。"

"加班多吗？"

"您有什么要求？毕竟是品牌管理的一把手，身居高位，不加班是骗您的，但是加班状况具体如何，目前没有一个具体的说法。"

"适当且必要的加班可以接受，但不能无效加班。我有孩子需要看，再忙都得抽时间陪他们，周末都有亲子活动。"

"明白，您先生的工作忙吗？"

"他基本是长期在外出差，孩子都是我在看。"

"您真的太优秀了，工作做得好，把孩子也照顾得很好！"

"没，没，一地鸡毛啊！我也是尽力而为。把他们带到这个世界上，得对他们负责，尽我所能陪着他们成长。工作是为了谋生，需要努力和责任心，然后再谋求水到渠成的结果。但是孩子不一样，那是责任，再忙都得顾上才行，万一跑偏了，那该怎么办……"

黄女士用平淡如水的语气说着工作和孩子的问题，但这种漫不经心却自然而然流露出她对工作和家庭都要的态度。荷叶内心对她更加敬重！

职场上的女士要有三头六臂啊，致敬！

"哈哈，是的。你不也一样吗？这么晚了还在工作，我们都不甘于做个平凡的家庭主妇或者职场小透明，在面对别人对我们做决定时，我们必须有自主决策的底气和筹码，那就得拼尽全力啊！女人扮演的角色太多，因为是妈妈，雇主会担心你要照顾家庭，不能百分百投入工作，影响工作质量和效率；担心你上了年纪，身体不能承担工作压力或者工作量等，咱们确实太不容易！既要能赚钱养家，还要能相夫教子、孝敬公婆，还要赡养自己的父母，应对两家人的人情往来，还要形象管理和自我学习成长……麻蛋，太多太多。如果不这样做，咱们就微如尘埃了，既然不能听之任之，那就干呗，努力干，静待花开，哈哈哈……"

"没有比这个更正确的了！听君一席话，胜读十年书！"

聊了差不多半小时，因为黄女士的小孩有些哭闹，荷叶只能终止谈话。虽然没聊得彻底，但是已经获得她的基本信息、求职意向、新工作关注的因素及个人职业素养等。专业能力上，荷叶无法判断专业的资深程度，但是从她过往经历中可以窥探一斑。她在一家非常有名的外资咨询公司做了3年半的品牌咨询，在国内top1的咨询公司做了3年左右，然后入职大型甲方企业做了6年左右的品牌管理工作。从经历上看，她接受过非常好的甲乙方训练；从背景和目前的岗位来看，专业能力、成熟度等都是不错的。

另外，通过半小时的沟通，荷叶觉得黄女士有非常好的韧性，不管是工作还是孩子都兼顾得很好，这份责任心是来自内心深处的。荷叶再仔细看了她的简历，这份从容和淡定也许是自己的背景稳稳支撑柱的。虽然是储备候选人，一旦EYE公司重启招聘，荷叶决定重点推荐她，因为她既有优秀的专业背景，又有不安于现状想要努力做最好自己的职业追求；有对家庭的这份责任感，又有对自己不断进步的要求。她的特质能吸引企业，相信她能把工作做好。

"哇，这个人也太自律、太上进了吧！基本上每年一个证书，每年一篇论文的节奏啊，职能岗很少能看到这样背景的人。"

荷叶被小野充满崇拜的话语中断思绪并拉回了现实，她刚接触了一个优秀的候选人，想看看这又是一个怎样优秀的候选人。做猎头就是这样，能接触到各领域中最优秀的候选人，并且优秀是没有顶格和限制的，一个比一个牛，一个比一个强……能力一般、中规中矩的人不会在猎头的讨论范围内。客户找猎头寻人，希望寻找的目标对象是足够优秀、值得花大额猎头费的候选人。

大家都很好奇，都围在小野电脑屏幕前，想见识一下大神的模样——CSO岗位候选人。

"在干什么，你们？"

正在大家感叹之余，米豆像泄了气的皮球一样走进办公室。大家很少见到她这样，比来了大姨妈还无精打采，大家都好奇发生了什么事情。

米豆："今天Enya忙，让我帮她去谈Q公司的招聘需求，说他那边有几十个人的招聘需求，给你们还原一下当时的沟通。"

创业公司，团队五十多人，招聘研发人员，需要一个研发负责人，两个硬件，三个软件，两个电路结构……客户希望候选人有同行大企业十年以上工作经验，一本以上学历，最好是211/985，这些是正常操作，没毛病。说到薪酬福利的时候，研发负责人月薪20 000—25 000加股票期权，资深工程师15 000左右，13薪。

我当时跟他反馈，这个薪酬低于市场，按照JD要求找人，研发负责人年薪至少60万左右，资深工程师要30万左右，关键作为创业平台要考虑如何吸引优秀的候选人。

"怎么可能，作为公司的老板，我都没这么多！"

我很耐心地跟他解释："要达到 JD 的学历和能力要求，这是外部人力市场行情，加上咱们是创业公司，候选人会考量为什么要加入这个团队，是发展机会，是高薪酬高福利，还是高激励等。比如一个人本来在大企业有稳定的工作，不低的收入，完善的薪酬福利和激励体系，怎么吸引这些人加入您的团队？如果薪酬低于他们现在的水平，他们为什么要离职加入您的公司呢！"

"我们有股票，还有公司发展前景，那些一入职就想拿高薪的人不适合我们，我们要找可以同甘共苦的伙伴，可以一起打天下，打下天下后一起享福的人。因为我们很忙，所以需要找你们猎头公司帮我们从成百上千的求职者中挑出这些创业合伙人，这不就是你们的价值所在、猎头公司的功能吗？不就是帮助企业解决招人难的问题吗？"

米豆："我们猎头公司的猎头是人，不是神。帮您解决问题，也要帮候选人解决问题，高效解决问题，要看贵公司提供给候选人的条件，寻求双方的共赢。"

"你就说，你们能不能做，我很忙，咱们就不多废话了。"

米豆已经看出对方有些不耐烦，甚至显得有些粗鲁，她本不想继续说，但是对方在等待她的回答。

"需要薪酬上调，或者薪酬实在无法调整，您看看人选的背景和经验要求是否可以根据咱们公司目前发展阶段做相应的调整。这样的话，我们可以尝试合作一下。"

"说什么呢！这怎么行！正因为公司现在处于向上发展期，需要引进这些优秀的人才，怎么能降低要求和标准呢！真搞笑啊，你！你是在教我怎么做事情吗？"

这句话一出，旁边的 HR 低下头看他的鞋子，办公室的氛围尴尬到了极点，米豆的脸瞬间感到燥热。

米豆："不敢，不敢，我怎么可能教您做事情，我这不是正在跟您进行招聘需求的澄清和沟通吗？确定贵公司需要的人才画像才能进一步帮您精准推荐人才呢！我，我刚才所说的只是建议，如果您觉得我的建议不合适，按照您的定位去找人就好了，这个没关系的。"

因为从来没见过这种场面，米豆感到紧张，她甚至不明白对面这个创业公司的老板为什么会炸毛。从这一点可以看出，他不愿意接受别人的建议。米豆决定什么话都不再说，想要赶紧离开这里，这样自以为是、蛮不讲理、傲娇的甲方，她不需要。

"还说你们公司不错，经过刚才聊下来，感觉也不怎么样，跟其他猎头公司没两样。"

米豆本想闭嘴赶紧走人，但是这个老板居然攻击她的公司，这是不可以容忍的"领导，从我跟您见面到现在从未表达过我们公司好或者不好。猎头公司能快速、精准、有效地解决企业找人难的问题，前提是定位精准、画像清晰、需求合理，并且执行招聘的过程中甲乙双方彼此信任、相互配合，既要考虑企业端的诉求，也要顾及候选人的需求，这样才能谋求三方有效且长期的合作。刚才跟您的沟通，贵公司应该有合作的猎头公司，您可以花点时间跟他们聊聊，听听他们的意见和建议……"

对方看到米豆眼神和语气刚直起来，低头不语。

米豆："叶总，您也很忙，那就不打扰您了。我这边还得赶去下一家客户，那我就先走了。"米豆说完站起来走了，叶总让 HRM（人力资源经理）送米豆，米豆微笑点点头。走出叶总办公室，HRM 感受到周围弥漫着尴尬的氛围。

"我们老板人很好，就是急性子，说话很直接。新项目需要人力，他好着急。"

米豆只是不失礼节地保持微笑，应和着朝电梯走去。

米豆："感谢您的时间，期待后期有机会合作！"

"垃圾！"电梯门关上的那一刻，米豆脱口而出。

"垃圾！"办公室门关上的时候，叶总也是破口大骂。

HRM送走米豆后，他不敢去叶总办公室汇报，被骂怕了！他选择发微信："叶总，我这边会尽快再约几家猎头公司给您见，这家公司不符合我们的要求！"

"怎么样？怎么样？新猎头公司合作上没？"HRM回到办公室，招聘同事急切地打听消息。

"果然是有实力的猎头公司，直接硬刚老板，走的时候都无语了，只剩下礼貌性的微笑。"

"那怎么办，签了30多家猎头公司，还是找不来人，老板会骂死我的，老板可能随时让我收拾东西走人！"

"没办法，老板不调整薪酬或降低要求，是找不来他要的人才的。刚才的猎头公司给他分析了，他依旧固执己见。我也没办法呀！咱俩都得做好卷铺盖走人的准备……"

"这什么人啊！这样的老板确定能带好团队吗？"小野大声感叹道！

米豆一边从包里拿电脑，一边说着："没见过这么自以为是、固执己见的人，他这样的要求注定是没办法找到想要的候选人。他能不能带好团队，能不能管好公司，这就不好说，但是有一点很肯定，他一定是比较辛苦。无语了，又想要最好的人才，又舍不得花成本，如果公司人力成本预算有限，那就看米下锅嘛，结合公司发展阶段和实际状况选择人才，只要能完成公司现阶段的业绩目标，把工作做好，选择适合公司现阶段发展需求的人才就可以了嘛，等到公司赚了大钱，再一步步布局高端人才呗！"

"迷一样的老板，一边像大厂那样要用985/211人才，一边只给大厂三分之一的薪酬包。大厂，人家是有品牌影响力，有吸引人才的薪酬福利和文化，有足够量的人想要加入，有足够的人才池子可供选择，那肯定是优中选优，挑选最优秀的人才喽。他们在创业阶段，又没有足够强大的财力，就想对标大厂，哎，真不知道咋想的。"麦琪评价道。

"对了，豆儿姐，他不是说给股权吗？如果用股票期权是不是可以解决薪酬包小的问题。"荷叶问道。

"一定程度上可以。但是，他的公司目前是创业阶段，股权何时能兑付？也许两三年，也许七八年，候选人又不傻。最关键的问题是，人家现在已经拿到那么多固定收入，如果期望的固定收入用将来可能发生的股权收益去兑现，我相信，80%的人都不会选择一个没有保证的未来收益，除非找自己的朋友，或者看好这个项目且愿意长期付出的人，就去赌一个未来了……"麦琪说道。

米豆："对的。所以富裕的人是少数，因为他们胆子大，可以用未来去赌。大多数普通人都不会去赌的，这就导致他们的招聘困境，拿着空头支票去吸引胆子大的人，万里挑一，很难找到匹配的人才。因为找不到人才，导致人员配置不足的问题，影响业务的开展，不断恶性循环……这个客户，我们组是绝对不接的，我也建议Enya不做这个客户，他的问题不是我们能解决，咱们就不往上凑了。"

"既然决定了，就不用花心思了。来来来，看看小野挖到的神级CSO候选人。"

作为猎头，没有什么比一个优秀到大家都称赞的候选人更能治愈一切。那不仅关乎猎头费，还能从优秀候选人身上学习别人成功的经验，获得正能量。同时，如果这个候选人能合作成功，既能解决客户人才需求的问题，还能加强公司与客户合作的粘性，增强客户对公司的信任度，奠定后期持续获得订单的基础，岂不美哉！

"哇，这么牛！"

国内顶级学府本科，剑桥硕士，工作18年，工作期间在职读了两个知名大学硕士，CPA、CFA、人力资源管理师、PMP、SMS、CPS及企业风险管理等30多个证书，发表了20多篇论文，50多个项目管理经验……

看他学历、履历和行业背景都是YOK公司需要的，CSO岗位已经招聘了三个多月，持续面试中，冥冥之中可能一直在等这个候选人。米豆有一种很强烈的预感，这个人就是为YOK公司CSO岗位而生的。

小野："豆儿姐，这个人的面试你来做吧，我们听，怎么样。我害怕我哪里说得不好，给人留下不好的印象，黄了怎么办！"

"是啊，豆儿，你来打，就当作咱们团队案例学习机会。"老大姐麦琪提议道。

"好，我来。我先把面试维度分析和设计一下。对了，人才来源渠道？"

"我们库里候选人推荐的，如果成功录用，豆儿姐，我给他申请推荐奖金哈！"

"那必须啊！没录用前给他申请一份礼物表示感谢，这个候选人真的很优秀，即便这次不录用，也可以入库！未来有无限可能……"

米豆整理出面试框架，需要确认的信息有教育经历、履历时间、个人家庭情况、行业经验、项目经验、每次更换工作的动因、求职意愿度、新工作平台期望（公司、团队、组织、下属、文化等）、个人成长期望、自我提升驱动因素，未来3-5年职业规划……

会议室。

19:00，与魏铭先生预约的面试时间，米豆和她团队的3位小伙伴聚在一起。

嘟嘟嘟……

米豆："魏总，您好，我是微信跟您预约面试的米豆，三智言语猎头合伙人，很高兴认识您。"

"米女士，你好！很高兴认识你，不好意思让你加班了，白天实在太忙，但是看你发的机会介绍，很想跟你深入交流一下，所以只能约在晚上了。"

3个旁听席上的观察员对这个魏铭先生的开场白竖起大拇指，不仅有礼貌，还高情商，体贴对方，让人舒服。

米豆："您客气。我们的工作时间都是随着候选人时间而定，是这个行业的特点。"

"太感谢你了，那我们进入正题，我这边只有40分钟，一个小时候后还有会议，我留20分钟吃晚饭。"

"好的，好的。"

因为米豆提前把YOK公司的简介和JD发给了魏铭，所以，他用3分钟的时间做了YOK公司的介绍，还有岗位设定的背景、意义和绩效考核要求。

"YOK公司的产品在业内还是有不错的口碑，我们平时聊天都在疑惑汪总为什么不做国外市场，那么大的空间，今天听你这样说，感觉汪总比较保守，有些畏惧困难，这样能把战略的工作做好吗？战略布局、战略扩张、战略执行等，是一种需要带上风险铠甲的冒险。"

"如您所说，老板做事情比较严谨，今年51岁，比起您刚才所说的保守，可能谋定而后动更适合他。稳住基本盘，可以让前方的拓展有充足的底气，若失败后可以随时按重启键的支柱呢！跟汪总有一次见面机会，他的合伙人们不太愿意出海，是一些比汪总还保守、安于现状的人。作为老板和大股东，他知道公司发展需要国际化，他需要用最大成功机率去说服他的合伙人同意他的决定，这是汪总目前的困境。"

"这样其实也没错，严谨是必要的，这样企业才能长治长存。那您看过我的履历，您认为我适合吗？"

"魏总，说实话，您的履历适合很多企业，因为您非常优秀，不管是教育背景，过往工作企业知名度，全面知识体系及实操经验都非常亮眼。最关键的是，本来已经很优秀，却还这么努力，企业管理各领域含金量高的证书都拿了一遍，真是佩服啊！您谦虚地说是否适合这个企业，准确地说，您是否考虑这个工作机会。"

"感谢你的欣赏！这个机会是朋友推荐给我的，他知道我最近想换工作。我看了是YOK公司，从企业品牌来看，对我还是有一定吸引力的。我目前找工作主要想找个平台发挥我的专长，实现职业和薪酬上的突破。我现在的公司，品牌发展这块已经稳定了，老板想要维稳的状态，跟我的成就动机和职业发展诉求有些出入，所以想看看外面的机会，你知道是什么意思吗？"

"能理解，您现在的工作没有突破的环境和空间，缺乏职业成就感，您的'盖世神功'需要有更好的用武之地，对吧？"

"差不多，哈哈……"

"魏总，您职业发展的诉求正是 YOK 公司所需要的，双方在诉求上是契合的。您关注的问题——老板在战略管理上的投入和资源支持，从甲方给我们的信息来看这不是问题，但是实际情况是怎么样的，如果双方有机会坐下来面谈，您可以详细跟老板确认一下。"

"是的，这个点确实需要好好沟通。不过从过往的经验来看，只要工作做得好，对公司发展有益处，老板们还是很支持的。"

"正解，这么多年的猎头工作经验，我觉得没有一个老板会拒绝有利于公司发展的事情，尤其是战略管理。魏总，YOK 这个岗位设置的初衷是解决公司全球化发展战略，需要到目标地区出差调研，所以出差频次应该不低，不知道您怎么看出差这个问题？"

"职场上最佳的状态就是钱多事少离家近，那是非常理想的状态，机会有，但是世间罕见。对于高管来讲，公司付给你五六百万的年薪，老板或者这个公司希望你提供的价值至少不低于这个价格吧，能清闲吗？不能！我很喜欢读《毛泽东传》，咱们的伟大领袖毛主席，他的战略管理能力那绝对是杠杠的，共产党和国民党在实力绝对悬殊的情况下为什么能战胜国民党，就是战略规划做得好，有了正确的战略思想和规划，再指导大家统一作战，成功的几率就很大。毛主席正确的战略思想和方针来源于他对旧中国现状的了解，了解国家发展现状和广大人民群众的需求，对症下药才能取得伟大的成功。所以，要制定出符合 YOK 公司实际发展需求的战略，公司层面必须要了解 YOK 公司的优劣势、产品、市场及客户竞争对手等；外部环境层面必须得了解目标市场的容量、需求、消费习惯、竞手在目标市场的产品及客户反应等问题；在政治层面，要进入一个国家或者区域，当地政府的政策、法规、宗教、消费习惯等都需要了解清楚；还有公司的技术现状、市场竞争力和市场环境下的技术状况，以及未来发展趋势等，都需要调研清楚。在了解全貌后才能做出符合企业发展的战略规划，落实战略发展的各项工作，确保战略工作的有效性。在这个逻辑下，需要花大量时间去做市场调研，势必有大量的出差和加班。如果做战略管理的高管说不接受加班或者出差，那一定是理论上的战略管理，这一点可以作为你们筛选候选人的问题之一……"

米豆和她的团队静悄悄地听着魏总做分析，简直是醍醐灌顶，令人茅塞顿开，果然是高级管理人员应该有的格局、认知和知识体系。

"魏总，请教您一下，您这么忙，怎么陪您的家人和小孩呢？"

"这确实是个问题，人的时间毕竟是有限的，投入工作的时间多了，陪伴家庭的时间就会变少。其实也有遗憾，但是没办法，家庭要养，对生活的品质有要求，那就得付出比常人更多的努力。我们家有明确的分工，我主外，我夫人主内。我有两个小孩，岳父母跟我们一起住，我自己的父母住在同一个小区，我夫人是一所技术学校的老师，上下班时间比较有规律，所以照顾孩子的事情主要由她负责。双方父母的身体都还不错，给他们安排了健身课，所以家庭这边目前来说安排比较好，没什么问题。我们都有共识，家庭成员包括我的小孩都会最大限度地支持我的工作，四个老人一起帮忙带小孩，我的夫人也喜欢她现在的工作，教书育人，工资虽然不高，但是她自己很满足，既能实现自己的人生价值，又能最大限度顾及家庭。当然，我也特别感恩他们，没有家庭成员的付出、理解和支持，不可能有我今天的成绩。"

"听起来都很幸福，家庭和睦，事业有成，实名羡慕啊！"

"谢谢，这一点我确实比较满足，也很幸福！"

"魏总，您15年工作履历中，一共有4份工作，除了1份一年三个月的经历，其他都是四到五年，换工作是偶然还是您有明确的规划？"

"什么时候离开一家公司，我没有明确去规划过，但是我有自己的判断标准。如果我在岗位上不能发挥我的能力价值，没有价值获得感和成就感，我可能就会考虑新的工作机会，这是最主要的原因。另外，如果我自己没有成长空间，能力没有办法再提升，我可能也会选择离开。我接受不了平庸和吃老本的自己，只要没有进步，对工作可能就没有激情，留在岗位上，那么高工资，对雇主来讲是不公平的，一般我就会主动看机会。还有一种情况，如果老板对战略管理只是嘴上重视，在实际工作中不投入精力和资源，那我会坚定离开，工作的同频共振很重要，不浪费彼此的时间。这个就是我工作最短公司的离职原因。"

"魏总，我想请教一下，您如何看待忠诚度问题。"

"忠诚度，企业老板应该最喜欢谈的一个问题，为此也一直孜孜不倦地追求。忠诚度很重要，不管是对企业还是职场人士，但是需要辩证看这个事情。忠诚度的需求方是企业，决定方是员工，自古以来，员工在职场上无非就是追求升官发财、开心工作，以及成长机会，如果这些都具备，忠诚度自然就来了。如果企业没有给员工符合他能力和付出的薪酬，没有提供给员工合适的晋升机会或者平台，人性都是趋利避害的，肯定寻找自己最舒服的姿势和状态，发生这样的情况，忠诚度就没有了。所以，我认为忠诚度好坏决定因素是企业，企业做好了，忠诚度自然就好了。而对于我来说，就如同刚才谈到的离职原因，只要没有出现那些问题，我的忠诚度是不会有任何问题的。"

"收到。魏总，您能分享一下您整个战略管理的成长经历吗？您从毕业到现在一直在这个领域。"

"其实，刚毕业那会儿我根本不知道要做什么，就是选择专业相关的领域，挑选雇主品牌比较强的企业，也特别荣幸能进入MKX学习，在

MKX 的 7 年时间中，我学习到很多东西，从这个过程中喜欢上了战略管理。做战略管理，需要研究很多东西，这个过程让我收获很多，你也看到我其实一直在考各种证书，其实不是有意要考这些证书，是我为了把本职工作做好需要去学习这些东西，反正也学习了，顺便就报名考考，运气比较好，几乎是百发百中……

"说到成长经历，第一份工作给了我丰富的案例学习机会。战略管理的理论知识在这家企业得到系统的学习，纵向和横向都有非常好的延伸，从战略管理的理论层面认识到这个领域的真谛，简单来说不仅知道什么是战略管理，还知道了企业为什么要做战略管理，战略管理怎么做，世界 500 强企业的战略管理是怎么做的等。因为这个平台的原因，我接触了很多优秀企业项目案例，积累了丰富的项目管理经验。从接项目到调研、做方案、实施，再到复盘，企业陪跑，整个过程非常有成就感。我曾经独立操刀的两个项目，目前两家企业的营收从最初的百亿，经过十年的发展，目前已经接近千亿，跟他们的老板每年至少见一面，客户对我们的工作还是很肯定的。

"在项目经验积累到一定程度后，我想换一种工作模式，所以经过深思熟虑，我决定转向甲方，机缘巧合进入第二个雇主，在这里工作了 4 年多。如果你对这个行业有了解，对这家公司战略发展过程和目前的状况有了解，很容易就能评价我的工作业绩，目前公司在市场上的发展和品牌影响力是大家有目共睹的。在这里，我做了角色立场转换，从乙方转甲方，虽然考虑问题的角度不同，工作推动的难易程度不同，但是管理的内核都是一样的，老板很重视战略管理，投入绝对优势的资源。在战略管理经验的提升上来讲，我认为是如何让专业的你得到合作部门的认可，并且主动配合你的工作。这里也让我甲乙方身份转换及适应性得到了转化。专业方面，从理论到实际运用完全由我独立操刀，各方面的提升都得到锻炼和提升，但是也出现了换工作的第二种情形，公司已经形成自己完善、科学的运行机制，对我的价值需求很小，所以我选择离开。

"在第三家公司的时间很短，老板对于战略工作不停变化，我不停调整我的节奏去适应，最后还是没办法合作，我拒绝内耗，所以坚定地离开。在这家公司，经验上没多大提高，积累了一个不成功的案例而已，也让我重新审视了我做决策的依据，坚定我去选择合作伙伴的标准。

"最后去到现在的公司，在这里我完成了企业管理各领域的综合组合。我入职的时候，公司企业管理各环节相对弱，公司是迅猛发展起来的独角兽，管理没跟上发展步伐，管理团队的管理能力也不强，要把战略工作做好。需要我主动学习企业管理其他模块知识，拉着大家一起把我的战略管理工作做好，所以这五年多，我考了CPA、人力资源管理师、市场营销管理师等。这段经历真的很美妙，突破了我的认知边界，也打破了我太太认为我不可能拿到的CPA证书。这段经历对我来说，立足于战略管理，打通了企业管理各方面的知识链接，实现了企业管理综合能力的整合和提高，有助于我本专业领域管理的有效性。"

"听起来都很酷，就像一个大侠在修炼的过程中遇到天花板，最后因为一次机遇，打通了任督二脉，然后修炼成盖世神功一般。"

"哈哈，有点这种感觉！"

"那您现在想离开，是哪一种离职的因素影响呢？"

"五年多，已经把公司的战略管理推上自我运转的轨道上，也给公司培养了接班人。我想找一家可以立足国内，放眼全球的公司，你懂吗？"

"懂！YOK公司恰好是这样的。"

"是的。我上周跟朋友一起吃饭，大家聊到工作，昨天就收到他转发的公司简介和岗位 JD。看到 JD 的时候，我都惊讶了，有一种刚刚好、恰恰好的感觉。"

"魏总，听起来真有些宿命感，等的就是它。跟魏总沟通，就像在听一个老师的课，收获斐然。由浅入深，由表及理，由量变到质变，从事物发展的本质出发来看职业成长，真正诠释了卓越人才的素质模型和人格魅力，太荣幸有机会跟您交流了。如果您有兴趣的话，我们整理一份面谈纪要和您的简历报告推荐给 YOK 公司如何？"

"公司品牌影响和工作内容目前评估起来还不错，可以接触一下。"

会议室里。

直到电话挂断，大家才动了动身体。大家都听得太入神，因为太精彩。

噼里啪啦……会议室里一片掌声，是为这么优秀的人才拍掌。

从米豆脸上的表情可以看出她很兴奋和激动。

"我们小野太优秀了，真想在你的小脸上嘬上一口！赶紧整理简历报告，我出面试分析报告。让 Enya 亲自送过去给客户，成功率应该在 80%，加油！"

会议室里沸腾起来，大家笑得合不拢嘴。

呜呜呜……

Enya 的手机响了，一看是客户付总的来电，她毕恭毕敬地接听电话。一开始有说有笑，慢慢地，Enya 的脸色变得严肃起来。

"付总，按照我对团队的了解，应该不至于如此，您稍等我确认一下具体情况，晚点给您汇报。如果是我们的错，我一定负荆请罪！"

挂掉电话，Enya 打电话给米豆，让她来办公室一趟。电话里传来的爽朗笑声刺激着 Enya 的神经，米豆告诉 Enya 五分钟后去找她，先等她结束这个会议，但是 Enya 却有些等不了，她也想在米豆团队面前说这个事情。

咚咚……

在会议室外面，起起伏伏的笑声让 Enya 很不舒服，她推门进去。

"什么天大的好事儿，整个办公室都能听到你们的声音。"

大家都看出 Enya 的脸色不好，都尴尬地止住了笑声，低头收拾东西。

米豆看着大家尴尬，赶紧说道："确实有个天大的好事，本来计划这边结束立马给你汇报来着。"

"这事待会儿再说，刚才有客户投诉你。"

"啊，什么情况，哪个客户？"

"就是让你帮我去跟进的客户，付总推荐的 Q 公司的叶总，谈得怎么样？"

"不好，我们刚才还讨论了一下，建议是不接这个客户，他投诉我啥呀？"

Enya 并没有回答她投诉内容，用严肃的表情和语气道："豆，因为我忙，我只是让你帮我去对接一下客户，梳理一下人才画像，还不到谈论是否合作的地步吧！这个也不是你们团队能决定的事情啊！你说是吧？"

听到这话，再结合 Enya 的表情，米豆的脸有些发烫，深呼吸一口气说道："是的，领导。你说得对，一回到公司准备给你汇报来着，但是你不在，想电话，又担心你在洽谈，所以就想着等你回公司后详细汇报，在这之前跟团队说了一下客户情况。这个叶总的公司，行业、技术及人才需求的领域都是我们擅长的，但是他想用市场三分之一或者一半的价格挖猎行业 TOP5 公司的人才，当他说这个条件的时候，我给他分析了市场的人才分布及人才价格情况，他不愿意听，并且很粗鲁地打断了我，他一直强调他要找合伙人、创业者，需要跟企业共同成长的人……因为公司 HR 团队找不到人，才找我们猎头公司帮他解决问题，一再强调，如果工资这些都给到位，哪儿还有我们猎头公司的事情……他根本不听我说话，最后我只能建议他结合我们给出的意见，评估一下招聘工作，一边招聘一边调整方向。叶总当时说了句话：'朋友说你们公司不错，也不过如此吧！'我当时听到这句话，内心就很冒火，因为他根本不听别人的建议和意见，最后还口出狂言诋毁我们公司，怎么可以呢！"

米豆感觉到自己有些激动，调整一下呼吸后继续说道："我就跟叶总说，我从进入公司到现在从未提过我们公司任何好与坏，我们是一个人才招聘的解决渠道，不是神仙，不是说猎头公司出面就可以用低于市场薪酬水平招聘到市场最优秀的人才……我也建议他多接触几家猎头公司，听听其他猎头公司的意见。叶总立马炸毛，说我在教他做事，话都说到这份上，并且招聘条件肉眼可见是找不到人的，我真是沟通不下去，所以我说有其他客户还需要去拜访，然后就走了。"

"米豆，我们不是职场小年轻。他的这些话听起来是不顺耳，但是他们是甲方，不顺耳，听总是可以的吧！我虽不在现场，我就听你这么说，几个问题，别人说我们公司不怎么样，你完全没必要去呛他呀，公司好与不好不由他说了算，但是你这么一争，恰好给他机会说咱们的不好，说我们公司顾问清高、自负，然后把这个信息扩散开来。你的本意是维护公司，但是因为没把握好度，最后适得其反。刚才付总就给我打电话，说叶总打电话给他，气呼呼地说介绍了个什么猎头公司给他，这么不靠谱，拽上天了，客户还没说完，自己站起来就走了……付总说，之所以把这家公司介绍给我们，是因为他信任我们，也感谢我们这些年帮他找了很多优秀的人，想把这个生意介绍给我们。付总说这家公司拿到了几个亿的融资，未来三到五年都有大量研发型人才的招聘，这下不就难堪了吗……"

米豆听到这里，好像是错了，又好像没错。根据对当时沟通的判断，这个客户她是不会做的，索性直接拒绝！但是现在听起来似乎给公司带来了负面评价，还有可能失去一个潜在大客户……

Enya："我让付总给我们约时间，一起请叶总吃顿饭，不管做不做这个客户，要善始善终，不要给别人留下不好的印象，从而影响公司的声誉。"

会议室里好安静，米豆团队的小伙伴都显得很拘束，他们都知道米豆很骄傲，她确实有骄傲的资本，刚才 Enya 说的这些应该深深刺痛了她。Enya 的话外音是在说她不知分寸，僭越了自己的本分。

Enya 说完以后离开了，甚至没有问刚才大家为何如此兴奋。

米豆内心当然很不舒服，但是在职场，在团队面前，她必须顾全大局："我确实没做好，Enya 说得对，大家工作的时候都要严谨，考虑问题的时候能站在公司的角度去看问题，时刻警醒自己的言行和举止。都散了吧！"

晚风呼呼吹过，撞得街边树叶沙沙作响。被批评的米豆心情很怪，她决定走路回家，想想，确实该想想了。

今年已经 35 岁了，大龄未婚女青年，在公司工作了 7 年。这些年，因为自己的努力确实赚了不少钱，在南山有属于自己的两室一厅，属于自己的小汽车，属于自己的事业。人，有时候处于持续优秀的环境中，自己会变得傲娇起来，确实会存在迷失自己的情况，确实会忘记做事的原则。当 Enya 指出她的不足的时候，她回顾今天与叶总的沟通，根据他们的聊天，叶总表现出来的强势、武断及固执让她很讨厌，当她从专业领域建议叶总被无礼指责后，一向骄傲的米豆生气了，觉得这样的人就是自以为是、不切实际，觉得他的条件根本找不到他要的人。尝试沟通被拒绝后，她果断选择放弃。对于她来讲，她们小组不缺订单，公司有没有这个订单她无所谓，所以在她内心深处已经决定不跟这个人沟通，甚至觉得以后都不会再见面，所以她不屑地拒绝和叶总沟通。

我错了吗……一步步走在石板上，每一步都很认真、很用心，她反思着，错了还是没错？

米豆心绪不安，又想到她从事猎头这份工作以来见过最优秀的候选人魏铭先生的成长和职业发展经历无法复刻，自律、自强的品质却可以学习，还有他更换新工作的触发因素。魏铭先生在面对4种情况的时候会选择更换新的工作机会，但是自己呢？在这家公司一待就是7年，她也经常思考一个问题，我的下一步该怎么走？在这家公司继续做猎头，还是换一家猎头公司，或者去甲方做一个招聘负责人，又或者可以考虑创业……

今天去客户那儿对接业务，过程中之所以表现出傲娇和不屑，米豆认为是自己在现在的岗位上有了不错的积累，在这个岗位上的成就感爆棚造成的骄傲自满，长此以往绝不是个好事儿。虽然自己在这家公司的业绩最好，在她带领的团队中没有解决不了的问题，但是退一万步来讲，她就是一个招聘能力不错的高级招聘专员而已。

什么样的情形可以触发我的离职？今天这种情况应该算一种吧！

6月17日，星期一，阴转小雨。

不离职可能会中断职业发展的连续性，会影响经济收入的稳定性，会面临重新择业不成功带来的迷茫或者困境，会中断已经成型的交际圈，会需要重新适应新环境等，但是不能因为这些可能的负面影响就害怕做出离职决定。离职是职业发展的组成部分，需要谨慎评估，也是我们必须要学会面对、需要积极面对的决策。当我们现在的工作无法带给自己成长、带给你工作激情、带给你收入增加、带给你愉悦心情，无法让你保持技术和能力的竞争力，让你产生懒惰和从众行为时，你就可以考虑换一份工作了。离职虽然有负面影响，但也可以带来新的工作机遇，新的能力和经验积累，可以让你认识更多的人，可以让你的收入有所增加，可以让你保持市场竞争力等。万事不能盲目，但需要你设计好自己离职触发的条件。

不管什么时候，对自己应该有很清晰的认识，做到有自知之明，知人者智也，自知者明也！

第九章　猎场里的鸡毛和蒜皮

呜呜呜……米豆有新信息提醒。

"米小姐，方便聊聊吗？"是CSO候选人田若菲发来的信息。

米豆看了看手机，她想要静静，想要独自思考一下，所以没回复。一分钟以后，她又拿起手机，因为她告诉自己，守住本心，不忘初心，我的工作是服务好我的候选人和客户！

正是因为这种不懈怠的工作态度，才造就业绩最优的她。

"田总，吃饭了吗？"

"吃过了，现在有没有打扰到你，想跟你聊聊YOK的工作机会。"

"我方便，您跟家人商量了吗？他们什么意见？"

"沟通了，正如之前跟你沟通的一样，他们都支持我。"

"挺好的，那我再帮您推荐一下。田总，目前这个岗位的招聘情况我先跟您交个底哈！YOK那边已经在面试一位男士，最终结果如何，就看企业方的选择了。"

"他什么条件？你们公司推荐的吗？"

"不是我们公司推荐的，对方HR告诉我的。我们尽力去推进，然后看结果吧！"

"好！你们公司还在找这个岗位的候选人吗？"

"再看呀。没有关闭的岗位，即便候选人入职还没过保证期，我们都会继续找候选人做储备。"

"完全没这必要，你可以重点推进我呀。我的经验简直是给对方公司定制的，何必舍近求远呢！你们找关系运作一下保证我能入职，后期我部门要招聘什么人交给你不就行了，大家合作共赢嘛！"

听到这句话，米豆心里有些不舒服。这面试结果岂是猎头可以运作的，想什么呢！一来违反职业道德，二来面试决定权从来都不是猎头，否则企业花大笔费用让猎头招聘岂不是有毛病吗？三来田小姐怎么有如此自信，这个机会她一定能拿下！但是，她的这种成就动机、目标感和欲望是这岗位需要的。

"你帮我打听一下他们现在正在面试的人是什么背景和名字，万一我认识呢！我们可以研究一下这个人，看看哪些信息可以为我们所用，能在关键时刻帮助我们。"

米豆又惊讶了，这……

"田总，您要是做销售负责人，我觉得您的业绩是无人能及的。"

"为什么这样说呢？"

"因为跟您这三四次的沟通，我觉得您的目标感很强，并且愿意为目标的实现去努力。主观能动性、目标和行动力高度统一。"

"哈哈，我的朋友们都这样说我，说我野心勃勃，说我目标感太强。其实于我而言，我只是想把我想要做的事情做好而已，不过分吧！"

是的，这个世界上的人总是有很多的想法，但是有想法且愿意去做、真正努力去做，并且想着我一定要做到的人，真的好少。所以，一个公司的员工有成百上千，但是高管也就只有几个，就是这个道理。

挂了电话，可能是跟候选人聊了会儿天，米豆的心情好了些，内心世界明亮了很多。对田若菲，她有另一种职业推荐想法！

Q公司叶总办公室。

他刚跟研发团队开完会，目前技术研发的进度严重滞后，他知道整个研发团队的工作状况，不是他们不努力，加班已经到了极限，长此以往绝对不行。已经让公司人力资源部加班加点地找人了，但是始终找不到自己想要的人，他质疑人力资源招聘能力，听说有猎头公司能快速帮公司找到人才，所以他一改往日抠门的作风，让HRM引进猎头公司。已经找了三十多家猎头公司，但是也没找到一个让他满意的人。这三十多家猎头公司一开始还推荐简历，一两个星期后就不再推荐简历，为此他把人力资源部经理大骂了好几次。叶总质问人力资源部，这是为什么？

刚开始招聘的时候，HRM找到研发负责人跟他沟通招聘需求，明确告知过人才能力需求和公司提供的薪酬存在巨大差距，按照这个要求很难找人。但是研发负责人和叶总一直强调他们需要一起创业的伙伴，找价值观和成就动机和他们一样的人，不看公司发展前景，不懂公司潜在价值的人，不理解他们的人一律不看，简单粗暴想要高薪的人不看，不接受加班的人不看，他们管这叫跟团队的气质不相符……为了能达到投资人对研发团队人才梯队的要求，提出研发团队的人才只要985/211，然后不听HRM的建议，拍脑袋定了一个薪酬范围。

叶总的风格很强势，他的技术研发能力很强，在业内算是No.1的存在，正因为如此，他认为他在企业管理方面的能力也像他的技术一样牛。他们创业的前一年团队里面还有不同的声音，一年后基本就是叶总在说，因为不管别人说什么都没用，最后都会按照他的想法去做。公司创业到现在5年了，已经换了3个HRM，按照目前这个招聘完成情况来看，现任HRM离职也可以算出日子了。

在一次聚会中，叶总听到朋友们夸奖付总的团队非常优秀，3年时间打造了一支非常优秀和有创造力的研发队伍，这把叶总给馋坏了，赶紧请教。

付总："你以为容易啊，这3年打造这个团队，光猎头费我都花了七八百万，哪有你们说得那么轻松。"

叶总谦虚请教付总，得知他一直跟三智言语这家猎头公司合作，于是让付总推荐了Enya的联系方式，他像是在迷雾中看到了一束光，把所有希望都寄托在这里。拿到Enya的电话，叶总第二天就准备约见，但是Enya已经约好的事情无法推，叶总又一定要见，Enya才让米豆代替她去，才有了后面一系列的事情。

研发人才的快速引进已经刻不容缓，必须在限期内完成新品交付，给投资人交代，不管用什么方法，一定要解决这个问题。但是他内心不想支付太高的人才成本，招聘了半年多，从HRM反馈的信息就是薪酬太低，吸引不了他想要的人才。

叶总冷静下来思考米豆对他说的话，他问自己：大公司、大平台、985/211人才为什么要来你的公司？他们现在有高于你公司的薪酬福利，有稳定的平台，优于现在的雇主品牌，系统规范的内部管理，权责明确……

什么样的条件会让一个人降薪来你的公司？什么样的条件能让他们放弃现有的条件来你的公司？人在职场追求的是什么？从古到今都不变，升官发财。升官，如果能力达到要求，我可以给，但是发财这个点，目前公司的规模和成本承受能力还达不到。怎么办？我的公司有无限前景，我们的目标是成为行业独角兽，我的目标是上市，我可以给他们股权，一起打拼嘛，成功了一起分享成果，但是失败了呢？

有谁能陪我一起经历失败，谁又能跟我一起承担失败？想到这个问题，叶总心里有些犯怵，强制要求别人跟自己一起承担风险，好吗？

他们都靠工资养家糊口，我可以不要考虑这些问题，但是员工应该会考虑……

想到这里，他似乎想通了一些，没之前那样抵触 HRM 所说的因为公司工资水平低于市场导致人才招聘困难这个问题。

咚咚咚……

"请进！"

"老板，三智言语公司的人到了。"

米豆非常不想再次踏入这家公司，再见叶总，但是没有办法，篓子是她捅出来的。Enya 要求了，如果还要跟着 Enya 干，没有办法回避，她的内心仿佛有好几只大蚂蚁在爬行。

"叶总，您好！很高兴认识您！"

"幸会，幸会，坐坐。"

"叶总好！"米豆微笑着打了个招呼，就像她内心的不屑一样，叶总只是笑着瞥了她一眼。米豆嘴角轻轻扬起，一笑置之。

得体大方的职业装，配上简单大气的妆容，姣好的面容，Enya 总是能让不同类型的人很乐意跟她聊天。

Enya："叶总，真是不好意思，我前天真是太忙，已经约好的事情实在推不开，只能让米豆先过来跟您了解一下公司的情况。付总跟我说您是百年难得一见的天才，想着赶紧约您的时间回访一下。"

"谬赞，谬赞！"

"米豆回去后把您这边的情况跟我说了，然后也根据您提供的数据整理了一份贵公司需要的人才分布情况，先把实际情况跟您汇报一下，咱们再进一步详聊。"

"好的，这边可以投屏。"

第九章　猎场里的鸡毛和蒜皮

在 Enya 说话的间隙，米豆已经把电脑连接好。Enya 示意后，米豆开始汇报。

米豆："叶总，根据您对需求人才的描述，我们对贵公司所需人才的分布状况及行业人才特点做了以下分析，先给您汇报一下。目前贵公司所需人才主要分布在深圳、武汉、合肥、成都、上海和苏州，人才库主要集中在第一梯队 X、Y、Z 公司，第二梯队 P、U、V、W 公司，第三梯队公司是属于您的上游供应商、下游整机，这个人才库就比较大，其中跟贵公司材料研发相关的主要有 H、I、K、M、N 公司。

"第一梯队公司，研发人才的学历要求至少一本以上，其中 X 公司研究生及以上学历占 83%；Y 公司研究生及以上学历占 70% 左右，Z 公司研究生及以上学历占 76%。第二梯队，研发人才要求本科以上学历即可，技术急缺岗位考虑专升本学历，研究生及以上学历占比相对于第一梯队来讲差距就比较大，基本在 20% 左右。第三梯队来讲，H、I 在所属的领域中算不错的公司，但是研发人才的学历要求没有明显的要求，有部分大专学历，研究生及以上学历不足 5%；K、M、N 三家公司，研发人才对本科学历没要求，本科及以上学历占 41%，985/211 学历占 2%，研究生及以上学历占 4%。

"我们来看看第一梯队公司研发人才的工资。第一梯队这 3 家公司的薪酬都差不多，因为是同类型同水平企业，为了对内保证人才的稳定性，对外一定竞争性，薪酬都是高于市场 75 分位，采用高薪酬吸引人才和保留人才。研发晋升通道为助理工程师、工程师、高级工程师、资深工程师、专家、首席，助理工程师 90% 为校招 985/211 大学生，薪酬 15K–20K，工程师 18K–25K，高级工程师 23K–35K，资深 30–45K，专家和首席年薪在 60 万以上，薪酬谈判一般是在候选人现有工资的基础上涨幅 20%–

50%，甚至更高，要看技术能力的强弱和稀缺性。社保和公积金全额缴交，福利体系比较健全，有系统的员工培养机制，重视对研发人才的重视、培养和保留，8年以上工作经验的研发人员都有竞业限制，2年以上的研发人员都有签培训服务协议，因为离职成本很高，内部有系统的培养和成长体系，薪酬福利水平不错，离职率不高，3%左右。

"第二梯队企业的薪酬在……"

米豆被要求跟Enya一起再次拜访叶总，她让团队加班加点把叶总想要的人才分布、薪酬福利和人才发展状况做了详细、准确的数据分析整理，花了一个小时做了数据呈现，叶总安静地听着，若有所思。

"Enya，米女士是你的助理？"米豆讲完，叶总问道。

Enya："叶总，米豆是公司合伙人，她带的团队贡献了我公司三分之一的营业额，还负责我们公司人才库的建立和维护。从目前工作的分工来看，我更像是她的助理，她们要什么，遇到什么困难，需要解决什么问题，都是直接安排给我，我都是屁颠屁颠赶紧去处理。"

"是吧！哈哈！"

Enya："米豆回去后，跟我汇报了您这边的情况，然后立马着手您这边人才情况的调研工作，就是您现在看到的数据。今天给您展示这些数据，是想让您了解一下目前您需要的人才在市场上的实际情况，供您做人才招聘的决策参考。"

"这个数据精准吗？"

Enya："90%准确度吧，这些数据都是来源于招聘网站、在职或者离职的HR做的尽调，可信度还是比较高的，但是精准度没办法保证100%。"

"我们公司的情况，目前在创业发展期，运营成本很高，我就想着能不能用我能支付的人力成本找到我想要的人。但是目前招聘的效果不好，所以想找您的团队帮忙，从您的专业角度给我分析一下，帮我找找解决办法。"

Enya："您这边的情况，米豆已经跟我说过，从提供的薪酬包来看，在市场上找不到您想要的那一类型的人。因为薪酬严重低于市场，您想用第一梯队的人才，那么至少要高于他们现在薪酬的20%–50%，甚至更高，这符合人性的需求，人往高处走，水往低处流嘛！陌生人之间关系的紧密程度唯有利益绑定。您提供的薪酬包，可以看看第三梯队的人才，这个薪酬包只能在这个范围内找，但是就达不到您想要的985/211学历水平。叶总您也讲了，目前公司的发展，资金要尽可能多地投入到研发，您做取舍，要什么，不要什么……研发人才的专业性和能力，直接影响您的研发成果呢，环环相扣……"

"那我们用第二梯队的人才，我这边也适当调整一下薪酬包。米女士，如果您来操刀这个案子，怎么帮我解决研发人才的能力和第一梯队起鼓相当的问题呢？"

米豆："叶总，如您所说，第一梯队的人，咱们目前没有那么多资金和品牌影响力吸引他们，那么我们先用第二梯队中符合我们要求的人才，第三梯队中最强的人。第一梯队中，有些年纪大或者退休返聘的人才，他们有丰富的研发案例，参与了很多项目，用这些人来弥补研发团队中技术能力不足的地方……"

经过2小时15分钟的深入沟通，被米豆断然拒绝的合作居然现场就明确了合作条件。叶总把他的人才需求、公司现状及未来发展都做了明确说明，虽然困难重重，但是作为三智言语猎头公司，有条件上，没有条件创造条件也要上，与客户一起攻克困难，助力客户成功是他们的核心价值观。Enya 最终也决定合作，因为他们是一家有发展潜力的公司。

回去的路上，Enya 一直夸米豆团队做事情严谨、细致和专业，因为系统全面的分析才让叶总改变了既定的薪酬福利政策，成为交付这次招聘至关重要的条件。这个案例给米豆也深深上了一课，作为乙方，要做大公司，用心对待每一个客户，任何一个可能的合作伙伴都不要轻言放弃，大部分人的认知和想法都可能因为数据和现实而改变，人与人之间的信任需要一点点建立。米豆拥有专业和执行力，她需要建设大局观……

YOK 公司，汪总办公室。

CSO 这个岗位已经招聘了 4 个月，米豆团队已经安排了 20 多个人参加面试，但是 YOK 公司的汪总始终没看上一个。Enya 今天拿着小野找的魏铭先生和米豆找的田若菲女士亲自拜访 YOK 汪总。

汪总："感谢 Enya 抽时间过来，真是抱歉，CSO 这个岗位招聘的时间够长，也面试了 20 多个人，每次面试完，总有些不满意的地方，又怕给你们增加麻烦，很多时候都想说算了，要不就将就录用一个人，这样的状态不知道对不对，也想跟你沟通一下该怎么解决这个问题。"

"汪总，您可千万别这样说，不存在麻烦哈，我们的工作就是给您寻找足够优秀的人才，助力企业发展。只要您这边确实需要招聘这个岗位，我们就会一直配合您的工作，直到问题解决。如果经过这段时间的招聘，您判断这个岗位不需要招聘，您告诉我们就行，我们再把时间和资源投入到其他岗位。"

"这个岗位肯定是要招聘的，这一点从未改变过。要感谢你们公司帮忙引荐刘必成，有了这个顾问公司，这个岗位就更加迫切了。咨询公司的东西要有人落地，内部得有一个人啊！说来也气人，本来想着说必成他们公司进驻，原来的战略经理就能承接下去，但是经过这几个月的对接，他居然理解不了核心和关键，内部串联工作一塌糊涂，外部引进一个优秀人才变得更加迫切。这个岗位是一定要找的，并且要找一个能理解咨询公司和能落地咨询结果的高级人才。"

"我没做过这块工作，但是这个岗位是个非常专业的岗位，不像其他职能如人力、法务、行政、销售等，有一定专业性就可以将就。这个岗位上的人需要理解和懂企业运营内在逻辑，明白各职能部门的功能及相互间的联系，既要精通战略管理知识，也要有丰富的实操案例或者项目经验，并且要有工作方法和协调技巧才能有效推进……"

"是的，这是我招聘这个岗位一年多最深的感受，是一个综合性很强的岗位。不仅要懂你刚才说的这些，还必须懂行业，懂产品，懂国内市场，懂国际市场。但是我估计市场上的人才 80% 的人都只懂专业知识领域，真正达到 CSO 岗位要求的人，真是非常少，所以价格也很贵。"

"哈哈，汪总已经是专家了。"

"哎，说来惭愧，这不是一边面试一边总结出来的吗？也就是一直没有面试到自己满意的人，越往后，对优秀人才的渴望越强烈，越想快速找到合适的人。"

"听您这样说我就放心了！团队小伙伴虽然寻找人才的过程很难，但是他们更担心贵公司招聘需求会变化。"

"不会不会，放心，我比谁都迫切。尤其公司经过三四年思考国际化路线，到现在已经想明白，布局很清晰，决心也很坚定！"

"汪总，我们的团队在给您寻找人才的过程中，她们对您的要求，对这个岗位的人才画像已经很清晰，今天过来拜访您除了跟您确认一下 CSO 岗位是否继续招聘，另外顺便给您带两个候选人的简历，您看看。"Enya 一边说着一边从文件袋中拿出田女士和魏先生的简历递给汪总，汪总接过资料仔细看着。

"两个都非常优秀。这个魏铭先生怎么如此优秀啊，从简历上看简直和我的诉求100%重叠，从米豆的面试评价上看也不错，这个人你见过吗？"

"汪总，论人才寻访和面试，我可没米豆专业。我主要是负责BD和公司运营，专业方面是米豆负责，所以，您相信她的判断即可。"

"好的，这个女士嘛，她也非常优秀。但对于CSO这个岗位，我有选择标准，我觉得还是找个男士比较好，因为工作量大，经常要陪着我出差，对于女士来说太辛苦，还是让她不要那么辛苦，不然我怕我的工作安排不下去。不过，我现在总经办计划招聘一个负责人，负责帮我落实管理上的工作。现在岗位上的人只能做好日常行政事务，如果她愿意的话可以聊聊。"

"总经办负责人？可是她薪酬比较高，目前已经过百万，这个岗位能给这个薪酬吗？"

"CSO这个岗位到岗后，我的工作重心会转移到海外市场，需要一个人跟进落实国内的工作，类是于我的副手，只要能达到工作要求，业绩优秀，薪酬不是问题。我不是迷信，我觉得吧，招聘有时候真讲缘分，我们这个需求是上个星期高管会议决策定下的，今天就碰到这个田女士，不过要看她的意愿如何！"

"真是太好了，我们回去跟这个候选人沟通一下，看看她的意向。您再把这个岗位的绩效和能力要求详细说明一下，便于我们跟这个候选人沟通……"

"努力吧，你们只管努力，尽情的努力，把这个市场上最优秀的人才挖掘出来，剩下的事情就交给我。"米豆经常用这句话给团队的小伙伴加油打气！

此时的 Enya 也很想对着他们的团队说这句话！

今天是两月一次的吐槽大会，是三智言语为了给员工释放压力组织的活动。公司保洁阿姨会把活动区域彻底打扫，行政同事会准备好下午茶，员工可以站着，可以席地而坐，可以横七竖八卧倒，只要你觉得舒服就可以。员工一边吃着东西，一边畅聊和吐槽这两个月来遇到的奇葩事情和有趣的事情，奇葩候选人、奇葩客户、奇葩 HR、困难事情、值得开心的事情、需要帮助的事情、有成就感的事情等……

"打粮食的牛牛们，放饭了，出来，尽情地野和癫吧！"

听到行政专员的超高音，公司正常运营秩序被一秒打破，桌椅板凳与地面碰撞的声音、歌声、笑声、叫喊声、声声入耳……大家立马放下手里的工作往活动区域冲去。

公司广播："美食区有咖啡、奶茶、果茶、披萨、炸鸡、薯条、汉堡、烤串、炸串、沙拉、糕点、酸奶、牛奶和你最喜欢吃的美食，数量有限，并且一群饿狼极速扑向食物，如果你慢一分钟，你将只能享受气味和观看别人的美食 show。另外，如果你没按照时间离开工位，没有获得食物，你将还会系上围裙，手拿拖布和抹布打扫战场。现在，现在，现在，即将开启倒计时，10，9，8，7……"

"不管了，不管了，不管了，我不要大扫除……"米豆大叫着关掉电脑，冲向活动区。

"吐槽大会，还往下属堆里面凑，你们都老熟人了没啥可吐槽，听听我们吐槽。"

米豆被一个人拉扯一下，米豆转头才看清楚，6个组的组长全聚在这里了。一组Laya，二组Raymond，三组Justin，四组Shine，五组美亚，还有六组的她自己。

米豆："一脸苦大仇深的样子，让行政的人看到让你去跳舞哦。来吧，把你的忧愁说出来给哥几个乐呵乐呵。"

"哈哈哈……"

"嘲笑我，你们在嘲笑我，你们这些坏蛋……"

"哈哈哈……"

吐槽声充满这间屋子，几个组长一边吃东西，一边听着。

"别提了，别提了，别提了，我这个月颗粒无收，苍天啊！我跟的那客户真是太无语了，我们推荐的人都要上传他们自己的人才库，他们合作的猎头公司起码有十家，行业窄，人才数量又少，人才获取不容易，好不容易找到一个人，要么是其他猎头公司联系过，要么是企业HR已经沟通过，要么是他们系统里面其他猎头公司的，简直就是用我们去激活他们人才库里的人，难受不，我都快抑郁了！"

"你说的是JI公司吗？我去年跟过几个岗位，确实很难，跟了一年成了2单。过程确实挺崩溃的，合作条件还特别甲方，啥啥都要以他们的利益为主。最关键的是，我觉得他们HR很难合作，很傲娇，一幅爱答不理的样子，回复信息非常慢，不停地跟催，催得自己都不好意思了……"

"这样的客户真是鸡肋，食之无味，弃之可惜……"

"美亚，你那边的？" Raymond说道。

"是啊！这个客户一年十几个单子，起码会放给十家猎头，HR还特别骄傲和自豪地跟我炫耀，说他们的人才基本是五十比一选出来了的，超级牛，傲娇得不行！"

"太不尊重合作伙伴了吧！提议不合作了呗？启动终结程序。"

"还没达到终结这种地步，就是难，看看怎么增强粘性，这个点可以让 Enya 攻克一下。人才库这点我觉得还好，每个企业都希望形成自己的人才库，用猎头的时候顺便充实人才库，我觉得是基本操作。如果我是 HRD，从立场来讲，我也会这样去做！"

"也确实，市场上那么多猎头公司，你不做，总有人做，要么适应，要么放弃，没办法！真是苦歪歪的我们！让 Enya 去攻克一下，看看能不能做成独家，哈哈哈……"

"老大出面过，没戏……"

"我们公司又不差，世面上这么多订单，你不可能全吃下吧。做我们能力范围内、和我们气质相符的就可以了。"

"你那个还好，至少还有成单的，我这个才更是奇葩。一家科技企业，所有岗位的所有候选人都要做测评，测试通过后才安排面试。那个测评非常难，时间又长，很多优秀候选人根本不愿意做题，尤其一些 985/211 的候选人，好不容易找到几个愿意做题目的，基本都通过不了，一个岗位推荐十几个人，居然没有一个能进入到面试环节的。你知道吗，那才叫崩溃！"

"我知道，我知道，JH 公司。这个客户简直了，你现在负责跟进吗？这家公司，墙都不服就服他，对测评谜一样地执着和信任，HR 的解释更是煞有介事、神乎其神，好像通过那份测评结果，不用面试面谈就可以把候选人内外的每一个细节都能看得明明白白，把候选人的每一个能力要素都解析得透透彻彻，那种狂热几近疯狂，无语。HR 每次给我们反馈，拿着一份测评报告，对候选人进行全方位点评，你看他内在的驱动是不够的；他的性格是有缺陷的；他对事物判断的标准是过于主观的；他的责任心是有问题的，不符合我们企业的要求，我们这一项必须在 6 分以上；他主动沟通的意愿度不够强，不符合这个岗位的要求；他的协同配合能力不行，分数太低，达不到要求；他的内在成就动机太弱，这是我们这个岗位最关心的素质能力，不行；他的数学逻辑能力太弱，我们需要大量的数据分析工作，达不到要求；他的理解能力有问题，等等……"

"妈呀，我跟他们合作了大半年，我之前服务的那家猎头公司也跟他们合作过，几个月后大家都撤出了，被很多猎头公司拉入黑名单，大家都觉得没意思，咱们公司怎么也接了这个客户啊！太主观了，不建议做这个客户……"

"Raymond，你这边的吗？"

"是啊！确实如他们所说，这个客户是去年开发的，到目前为止，没成过一个单。我们团队研究了很久，真正的鸡肋，他们的订单量大，薪酬比较高，均单年薪都是五十万以上，放弃觉得可惜，但企业太看重这个测评了，面试前必须过测评，我跟他们 HR 见过四五次，对这个测评结果的解释简直出神入化，魔怔一样。无语，我已经决定跟 Enya 申请，关小黑屋。"

"这家公司本身发展得如何？"

"业绩还不错！你说人家不对，但是公司发展确实不错。只能说明这个难度系数太大，对团队的积极性打击很大，测评这种东西有一定的科学性，我觉得把这个与面试结果相互佐证应该是最佳状态，把测评作为绝对评价，过于死板。"

"有没有一种可能，HR 或者老板对自己的面试能力极度不自信，缺乏安全感，才把所有期望寄托在测评上，想通过这种方式寻找符合自己用人标准的人才，虽然不易，却也最大程度保证了人才综合素养。只是，这样的方式让猎头公司苦不堪言。"米豆说道。

"豆，你建议关掉不？"

"搞了一年多都没成单，何必呢，对团队积极性打击太大，这不利于我们持久作战。找些能成交的订单啊，不然你下面的人怎么办，只拿基本工资吗？"

"是啊，别死撑了，虽然有遗憾，但是必须得做出选择，相信 Enya 会同意的……"

"嗯，爱我者，我恒爱之；负我者，我必弃之！绝不犹豫！哈哈哈……"Laya 说道。

"我才惨呢！我这边有两个订单都过了保证期了，但是钱没拿回来啊！"

"为什么？"

"没合同！"

"什么，啊，什么情况？"

"听 Justin 的意思，是 Enya 很不错的关系介绍的，拉咱们去救火，招聘非常紧急。我们团队通宵达旦去交单，三个星期解决了两个人的招聘。据说当时招聘合同和交付同时进行，但是对方说法务审核合同很慢，老板一直出差等，一直拖着没签，人选入职四个多月了，现在合同还没签下来，你说气愤不？听 Justin 的意思，Enya 也找了好几次推荐人让他帮忙协调一下付款，但是一直没解决，你说怎么办？"

"不能起诉吗？"

"当然可以啊。我看过 Enya 前期和客户发的微信，微信里就合作条件和收费都做了详细的说明，且对方已经回复说按照条件执行招聘。我们推荐的人才通过邮件发送的同时也在微信群里有发，我们问了法务，法务说可以作为证据。"

"这么不要脸，用不起猎头就不要用，没这实力又要装，真是讨厌这样的人，起诉他们呗！"

"起诉，我觉得老板不愿意的。Justin 是这样说的。"

"那我们的利益谁保证，公司付……"

"你这边的？多少费用。"Laya 问 Justin。

"是啊！15 万左右，妈的，我今年特别背，啥特殊情况都碰上了，真是无语。"

"老大应该不会同意打官司的，商量一下看看怎么解决好些。"

"解铃还需系铃人，拉上推荐人去客户公司聊聊呗！如果还是拒绝解决，实在不行，把这两个人推荐到其他企业去喽，反正也没合同约束，你说是不？"

Justin："哈哈哈，说得轻松，我不仅想这样做，还要想胖揍他一顿，还要口吐莲花。但是，但是，还不到时候，先让 Enya 去处理一下，实在不行再说。"

"要让这些想白嫖、想占人便宜的人付出代价和成本，不然这么惯着他们，他们老是这样子，吃亏的人会越来越多。我们每个组都应该有被跳单和赖单的案子吧，这些不要脸的老六！气愤！起诉他们！"

"起诉，对于我们来说可以这样，但是我同意 Enya 的做法。如果我们公司工商下面挂着一连串官司，估计没几家公司愿意跟我们合作。"

"我们是受害者，是原告好吧，又不是被告。客户是聪慧的，又不是瞎子。"

"我可爱的美亚，你太天真了！事实告诉我们，俗世之人往往相信自己眼睛看到的，然后在内心云云一番，最后决定不和你合作，因为他们担心潜在的麻烦，在没发生之前就要把风险扼杀。人家可能会想，没准什么时候这家公司可能随便找个理由把他们告了，怎么会跟你合作？"

"啊，烦！这也不行，那也不行，真是烦透了。"

"我觉得可以在我们内部建立追责制，找到源头。比如这单，是 Enya 开发的客户，并且她打破公司必须签订合约再启动招聘的规则，造成的损失，当然得由她负责。"

"赞同，赞同，赞同……"

"可以。我们形成提案吧，每个人把自己的想法发给我，我来汇总和完成提案！"Justin 说道。

他们还没说完话，吐槽池又传来一个声音。

"我觉得我就是在陪跑啊，你们看看，我都推荐了多少人才，但是就是没有录用的，你说怎么办？每次面试结束，我都会跟候选人电话沟通面试的情况，有些告诉我面试挺不错的，业务面试官还加了候选人的微信，说约后面的面试，但是后面就石沉大海，再没回应。"

"怎么这样？"

"推荐二三十人了，真不想推荐了，怎么办啊！"

"需求真实不？"

"真实的。我们去年招聘进去的人，我私下打听了，确实是在招聘。我觉得我的能力不弱，一个岗位两个岗位竞争不过对方，不能五六个都不行吧。推荐了几十个人，对方 HR 就会说已经有合适的候选人了，暂停推荐。"

"这种情况一看就是陪跑的可怜仔仔，我觉得有些客户真的很讨厌，太不尊重人了。"

"一般来讲老板很少这样吧,他们忙得没这个时间。如果真的存在陪跑的情况,那大部分应该是 HR 的行为,他们为了掩盖自己的私心,必须找一个机构来陪跑,然后很多机构就成了冤大头。"

"像这样的订单就别做了,简直浪费时间,内伤自己!"

"证据,需要证明我们确实是陪跑的,如果能证明,老板们应该会同意的……"

米豆:"美亚,你那边的?"

美亚:"是啊。他们提了好几次,但是没有证据,也只能停留在猜测层面,无法启动关单的流程。"

"我给你分享一下我这边的一个情况,你看看有没有帮助。我们之前也是陪跑了一年多,就是推荐四五十个人才可能成一个人,这个成单就是别的猎头公司实在交付不了我们才捡漏的。有一天发现我们有一个订单被跳,团队坐实证据链后,把证据提交给 Enya,她出面解决的。不仅解决了跳单的问题,还成了独家。想不想听听?"

"卖什么乖,赶紧地说。"

"我建议大家定期盘点一下自己的人才库,按客户盘点有无被跳单的情形。如果真的出现,不要打草惊蛇,先悄咪咪坐实证据,然后让这个订单的开发者和 Enya 一起讨论解决办法。我们之前的客户是 Enya 的一个朋友推荐的,老板本身是非常好的人,但是他们的 HRD 非常贪婪,据我们收集的资料,他和朋友联合开了一家猎头公司来承接公司的猎头业务,我们就成了陪跑的可怜虫。把证据给 Enya 后,Enya 去跟公司老板直接对接,才知道对方老板还一直以为成单的公司是我们公司,还非常骄傲地跟 Enya 说贡献了几百万的订单给我们,Enya 就顺着他的话聊开了,对方老板又不傻,觉得很没有面子,也为了杀鸡给猴看,我们就成了独家供应，结局还算完美。"

"那真好。我们现在也还是在猜测，我让他们尽可能坐实证据链。"

"看看这个客户的来源，看看 Enya 什么时候去做了客户关系维护，没去的话赶紧给她安排上……"

Justin 叹气说道："有些 HR 胆子真的很大！我们以前的同事，直接跟猎头公司要回扣，在我们面前还沾沾自喜。看他那贪婪的鬼样，我都不知道他那来的厚脸皮，恬不知耻。"

"这不正常吗？有利益的地方就一定有苍蝇，人之常情，人之常情。"

"有些 HR 还是比较正向的，要看企业的文化，有些公司是明令禁止的，一旦发现要被送去踩缝纫机的哦。"

"看公司，看公司……"

另一个角落又传来抱怨声。

"对了，你们跟候选人的关系如何维持的呀？我发现个问题哦，有些候选人很看不上我们，只要跟企业 HR 联系上后立马就想跟你划清界限，搭上企业 HR 后就不理我们了，发微信也不回，电话也爱接不接的，你们有这样的情况没？"

"这样的情况不是很普遍吗？我们做好本职工作，至于他们是否愿意跟我们保持紧密联系是他们的问题，强求不来。有些候选人喜欢跟猎头保持粘度，有些候选人却不喜欢。"

"问题是这样，我这边上月成的订单，候选人在外地，一面是线上面试，面试结束后打电话给他跟进面试情况，他接通后说忙就挂了电话，我只能选微信，问了好几个问题，他就只回答了两个字'还行'，其他什么也没说。我记得是周五面试的，面试完已经是晚上九点多，不好打扰对方 HR，我就想着下周一再跟进客户那边的面试结果。周一我一上班就给对方HR发了微信问面试结果，HR答复我再等两天。我委婉地给候选人发了微信：一面结果还需再等两天，如果顺利的话，需要到深圳跟客户当面聊聊，有最新的结果会第一时间通知您。候选人也没回复我。好家伙，你们猜发生了什么事情？"

"不知道啊！"

"周三的时候，客户告诉我他们决定试用我们推荐的候选人！我当时有点蒙，按照之前的经验，这个岗位的面试至少要安排三轮，一定要现场面试，一个中层管理岗难道就视频面试？然而，然而，然而，客户告诉我，周末已经安排了现场面试，周一安排了第三面，业务领导决定录用。我当时的脸啊，羞愧得都要烧起来，自己像个傻子一样啥也不知道……"

"这不是好事儿吗，人家都把你的工作给全做了，并且不是你不做，是他们悄悄地做，领导也不会指责你工作没做全面，没做细致！"

"如果这样，我还抱怨个鬼啊！我真是服气了那个候选人，不知道哪来的傲娇气。搞笑的问题来了，他找我报销来深圳面试的机票、酒店和餐费，来之前不告诉我们，像我会阻止他过来一般，什么玩意！需要我的时候招呼一下，不需要的时候多和我们说一个字都觉得麻烦和不屑，真是服气了。"

"你是刚入行不久，这对于我们这样的老人来说，太正常了，林子大了啥鸟都有，何必生气，有些人就是这样，利益导向型。"

"话虽如此，但是如果猎头给我推荐工作，我绝对不会像他那么势力眼。我会特别感谢别人帮我提供机会，还会向他们咨询信息，因为在这个过程中只有猎头会全心全意、毫无保留地对待他的候选人，啥问题，啥资料，啥流程，啥注意事项，啥谈薪方法等，绝对会毫无保留地告知候选人，帮助候选人争取更好的 offer。"

"可惜不是每个人都是这么想。他们往往想尽快跟客户建立起信任，尽可能跟他们互动起来，因为他们非常清楚只有企业 HR 有录用权，要充分跟 HR 互动起来，搞好关系喽！"

"即便如此，跟猎头相处的过程中，保持礼仪是基本操作吧，这与他们和企业 HR 互动并不矛盾。"

"哈哈哈，小艾生气了，并且很生气。你可以不给他协调报销的事情！"

"是的，我可以不给他协调这个事情，即便他不去这家公司都可以。这样品行的人，我还担心他过不了保证期……"

"哈哈，真是个性情中人。刚入行没多久吧？"四组组长 Shine 说道。

"不到一年，很纯净的一个小孩，敢爱敢恨，是咱们年轻时候的样子。"

"报销这个问题怎么处理？"

"这个事情由小艾决定。因为我们没有义务给他报销这笔费用，跟客户签订的协议中有明确约定，如果涉及异地面试的费用由客户承担，把这个条款告知他，让他自己去争取，成功也罢，失败也罢，就当作他不沟通不交流不确认和轻视猎头的一点点教训吧。"

"太多这样势力眼的人了，鼓励小朋友看开些，告诉她，这个世界上的人分为对我用有的人、可能对我有用的人、将来对我有用的人和我们的家人，没有什么大不了……"

另一个角落传来声音。

"你那算啥，我们招聘的品牌总监面试了六七十个人，搞了大半年，依旧没成。面试到最后，老板直接从内部转调一个人上岗，那杀伤力，五脏六腑俱碎！"

"荷叶，你也太惨了吧！"

"哎，别说了，心在流血，滴滴哒哒的你没听到吗？"

"面试了六七十人，我在想，这个老板是不是在偷师哎。把六七十人的经验进行归纳总结，然后在内部找一个人去落实。"

"我们也这样想的，但是没证据。即便你有证据，那又能怎么样，人家是甲方爸爸，如果咱们想做这个订单就得不停推荐，直到他们有决定。"

"八成就是白嫖面试者的经验，我告诉你们我亲身经历的故事。在进入咱们公司之前，我去面试一家薪酬福利经理岗位，有笔试题，题目就是结合你以前的工作经历，给企业设计一套职业发展通道和薪酬架构，时间不限。你是做还是不做呢？不做就没有面试机会，做了就给企业免费提供一套体系设计案例，恶心死了。"

"混蛋，白嫖也如此赤裸裸和有技巧呀！这家公司的HR也太不要脸了，什么公司，曝光它，不然会有太多应聘者受伤害！太没良心了，你看，候选人要花时间去面试，要花时间准备，要产生交通费，这么做不怕响天雷吗？良心呢？"

"对的！我在前台登记的时候，翻看了两三页登记表，起码有四五十个面试者，还不知道前面有多少人。"

"天呐，太缺德了吧！听起来都很过分，垃圾公司！"

"我当时随便设计了一个，然后'有幸'见到他们HRD，一个秃顶的油腻腻中年男人，让我详细给他说明。我当时就反问他：你是让我给你免费做一套薪酬福利体系吗？这个招聘是不是真实的需求，岗位是否真实存在？然后他巴啦啦给我瞎扯了一大堆，气得我火冒三丈，真想站起来给他一耳刮子，吐口水，大骂一声 HR 领域的垃圾、败类……"

一组组长 Laya："米豆，你那儿的？"

"是啊，我这儿都是些奇葩订单，真是欲哭无泪，真想骂街！"

"哈哈哈，你可是我们这几个中情绪最稳定的，千万别崩，控制住自己，哈哈哈！"

"你问问 Raymond，他之前带过这组一段时间。"

"别，我再不想去你那组了，真是烧心烧情又烧脑。说说这个品牌总监，什么样的遭遇，让我们乐呵一下。"

"就是刚才荷叶说的情况！领导嘛，花了钱总是要挑拣，总希望这个人不仅专业上要优秀，还要擅长管理，最好还懂这、懂那。反正就是各种挑剔，就是在白嫖候选人的经验，搞得我们不知道似的！"

"真是可笑，品牌管理是他找几个人聊聊天就可以解决的问题吗？那还要专业的人干啥！真是无知又愚蠢，业余又可笑！"

"世上自我陶醉、自以为是的人不在少数。自己作，拿公司发展做试验品，谁能拦的住？"

美亚："请教一下各位大神，看看大家如何破解。我朋友给我推荐了个客户，Enya 让我对接。公司规模三百人左右，他想找个总经理助理，协助他开展管理工作，希望这个人是法律背景，兼管公司法务工作。我们的订单本来就是定制化，需求本身没什么问题，但是谈招聘服务费的时候很不顺利。我把公司的合作协议发给他后，他希望我们的收费比例能有优惠，参照市场大部分猎头公司，服务费的比例从 25% 调整到 20%。我把这个事情汇报给 Enya，Enya 不是一直鼓励我们去做 BD 吗，所以她也爽快答应了这个要求。两天以后，客户又变卦了，说他的老板认为这个费用太高，找个人要花费十来万，希望费用再低一点，比例调整到 15%，我直接拒绝了。客户又让我朋友出面表达了合作的迫切性和需求的真实性，并且还表示他们公司有很多需求，第一次合作希望大家都能真诚以待和诚意满满，最后 Enya 同意 18%，这是公司的底线。我本以为这个事情就这么定下来了。过了两天，他又跟我说他们第一次跟猎头公司合作，不了解我们这行，老板还是觉得费用很高，希望一口价 8 万。Enya 问我想不想做，如果想做就单独签这个岗位，不签框架性协议，我听我朋友的意思这个公司是个潜力股，所以就跟对方商量只签这个岗位，后面如果合作愉快再签系统性合作协议，对方也同意。再过了两天，他又变卦了，又是那个理由，老板觉得费用还是很高，但合作的意愿非常强烈，费用不变，但是希望赠送一个品质主管的岗位……妈的，我真是无语至极，得寸进尺！"

米豆："建议不做。首先，他内心是接受不了猎头招聘这个渠道，为什么一变再变，就是觉得费用太高，不停调整内心的期望值，在得到你一再妥协后，他认为还有议价空间。其次，即便他勉强接受了猎头招聘，还会对这个渠道报以绝对的期望，希望你招聘的人有三头六臂，能上天能入地，只要有一点不满可能就会让你重新补人。再次，作为公司副总裁，自己的决定变来变去，没有契约精神和规则感，即便你招聘入职后，后面的付款可能也不会那么顺利。鉴于以上几点，建议你不要做这个订单。"

"是的，何必呢！找志同道合、彼此欣赏的人，才能愉快且长久地合作。"

呜呜呜……

米豆的电话响了，是 EYE 公司 HRD 张笑。她不禁打了个激灵，这难道是心灵感应，刚才才说到这家公司。

因为公司有规定，除非是紧急情况，否则吐槽大会期间是不可以接听工作电话的。米豆果断挂掉电话的。给她回复了信息:"抱歉,在客户这里开会,结束后回电。"

放下手机,米豆环顾四周,大家放下所有的心理包袱大声吐露心声、发表不满、听赞赏、听建议,甚至胡搅蛮缠。米豆在这里工作的这些年,她最喜欢的是公司自由、尊重、包容和充满价值感的文化,只要有念头想要离开这里,想着这些行政部精心设计的释放工作压力的活动,给员工的福利,老板细致入微的关怀,各种聚餐经费,各种不定期户外活动或者运动,各种充电培训等,所有的委屈和困难都可以被克服……

第十章 谋定而后动,才能胜券在握

一个小时后。

"张总,您好!一直在开会,抱歉哈,有什么可以帮到您。"

张笑:"米豆,我以为你们都不接我的电话了。给你下面的人打电话、发微信都没回复,给你打电话也挂掉了,好伤心啊!"

"怎么会。公司今天有培训,不让带电话,他们看到后一定会回复您!"

"之前委托贵公司帮忙招聘的品牌总监,我们老板想独家让你们做,想跟您商量一下如何快速交付。"

"不会吧,我听说,这个岗位上你们现在有人啊!"

"哎,一言难尽啊!反正要重新招聘!米豆,我真的很喜欢你们的工作态度和风格,跟我们合作的猎头公司有十几家,能陪我坚持到最后的也只有你们。我真的很感谢你们在看不到交付尽头的情况下一直不停支持我的工作,老板要什么人,你们就给什么人,让我觉得非常踏实。真的,谢谢你,米豆。但是呢,我也非常抱歉,很抱歉一直陪我白跑,我们老板是非常谨慎的人,又爱面子,典型的不撞南墙不回头的人……"

米豆听着张笑感慨和赞美的话有些欣慰,别人笑他们愚昧地坚持终是得到客户的赞赏,打败了所有对手成了目前唯一的供应商,希望这样的坚持能开出花结出果。

米豆:"感谢张总的认可。是我们没做好,最后也没找到人,没能帮到您。"

"不，不，不，这跟你们没关系。老板最后选择从内部转调一个人，但是很可惜，工作结果达不到老板的要求，他这次是真的下定决心让猎头公司找这个人，我争取到让你们独家！"

"谢谢张总，太感谢您了！您这边有什么计划，或者刘总对岗位的画像是否有调整？"

"画像没变，我们商量一下怎么快速有效解决这个问题，你们推荐烦了，我也面试烦了。我记得之前面试的候选人中有一个任先生和乔女士，这两个人非常合适，我们老板印象很深，麻烦你们确认一下候选人是否还在看机会，如果还在看机会，你们再找两三个候选人和这两个人比较一下，基本就可以定下来。我们老板现在很沮丧和恼怒，因为浪费了好几个月的时间，他着急了，所以咱们要趁热打铁！"

老板真着急了！米豆不禁无奈或者有些轻蔑地摇头笑了笑。好一个不撞南墙心不死，一个企业家为了省猎头费，竟然白白浪费四个多月的时间，真是绝了！他不够开放包容去接纳外部人才，给企业引入新鲜的、不一样的血液！如果是转瞬即逝的商机呢，哪能经得起这般折腾，这一次，不知道他是否真的觉醒了！

挂掉电话，米豆很是兴奋。经过一年多的折腾，她有一种预感，快要成功的强烈预感！

"哈哈哈哈。"听到门外传来同事们的笑声，这笑声真是很应景。

米豆问荷叶："姐妹，品牌总监候选人一直有跟进，对吧？"

"有，我跟候选人说他们内部暂停招聘，有最新情况第一时间通知他们。怎么了，好戏登场了吗？"

"我看八成有戏。刚才张笑给我电话了，你先跟进一下任先生和乔女士，再把储备的简历先挑两个人发给她，然后再储备 2-3 个人应该就可以定下来了。"

"不放弃，就会有奇迹！"

"不放弃，就会有奇迹！"

"不放弃，就会有奇迹！"

米豆的团队高喊着他们的口号。

呜呜呜呜呜……

张笑的手机在桌面上疯狂地震动着。

"嘘！别说话，老板的电话！"

"张笑，品牌总监，咱们之前面试的任先生和乔女士什么时候约来复试？"

"刘总，距离上一次面试已经过了六个多月，也许已经找到新工作，也许还在看机会，我跟三智言语公司确认一下候选人状态再回复您。"

"加紧，尽快解决。"

"刘总，还需要见新的候选人吗？"

"有合适的见见，没合适的就不用再见了，加快！"

"好的……"

放下电话，张笑在笔记本上做了工作标记，但是她并没有联系米豆，因为她在 EYE 公司工作 7 年多，对老板的风格已经很熟悉了，她已经预测到老板会做这件事情，所以，提前联系了米豆，她开心地笑了笑。

YOK 公司。

田若菲经过自己的努力争取，在对方岗位设定不看女士的情形下，争取到了一次面试机会，她大方得体，深入浅出、旁征博引地分享着她在战略管理领域的经验和案例,汪总听得很入迷,一边听一边做记录,已经谈了一个半小时。

明天是米豆最看好的CSO魏铭先生的面试,她好期待。

呜呜呜……

米豆的手机振动,她拿起手机一看是田若菲发来的信息:"跟汪总聊完了,方便电话吗,想跟你聊聊。"

"田女士,您跟汪总聊得怎么样?"

"聊得挺好的,聊了差不多三个小时,汪总把他们的会议都推迟了。"

"这么久吗?听起来很不错啊,一直聊战略吗?"

"以战略为切入点,然后话题比较多地关注战略管理跟内部运营的联动,如何从战略的角度拉动内部各职能的管理,聊得比较深入,偏向公司经营管理。米豆,聊到最后,汪总问我是否愿意转公司运营管理,他是什么意思?"

听到这里,米豆很是兴奋,因为看了她的履历并和她沟通过四次,如果CSO这个岗位不考虑女士的话,比较适合她的岗位就是老板助理类的岗位,因为她有战略管理非常强的专业和实操经验,成就动机强,情商很高,性格强势坚毅,硬件和软件条件都非常好,并且从职业发展来看,从战略切入到公司运营确实不错。

"到最后,汪总有跟您聊CSO这个岗位的匹配性吗?"

"汪总很搞笑,也很坦诚。他说这个岗位他希望是个男士,因为要经常陪他满世界跑,喝酒应酬一定是少不了的,他不想看到女士为了挣点工资那么辛苦,跟你之前讲的一样。所以问我愿不愿意转公司运营管理,汪总说一旦启动全球化战略,他的精力可能都会放在外部市场,国内需要一个专业且厉害的人帮他落实管理工作。"

"明白了。汪总可能看到您身上有其他无限可能性，CSO 这个岗位不适合您，CEO 这个岗位可以培养，哈哈！"

"CEO，YOK 公司？得了吧，虽然我很自信，但是，我还是有自知之明。"

"您可不能妄自菲薄。CEO 这个岗位立马上岗可能有点难度，但是，如果您从老板业务助理这个岗位开始，老板带一段时间，CEO 的工作机会不就指日可待了。关键是您自己是否能接受或者想往这个领域去转，毕竟有一定的风险。成功了风光无限，失败了可能就会遭受职场滑铁卢和自信心沉重的打击，就看您能不能承受！"

田若菲听到这个话，她内心是激动的，因为她一直不断追寻自我突破。她曾经也想过转运营，但是没有机会和条件，她就只能一直在战略这个领域努力。

"失败和沮丧，我可从来没怕过，我也不知道什么是怕，我喜欢有挑战、有激情，能带来成就感的事情。"

"如果 YOK 邀请您做老板助理，您会考虑吗？"

"米豆，说实话，这个机会听起来很 cool，但是我需要冷静思考再做决定，不负自己的青春和时间，更不负对方的信任和要求。运营管理，这可不比战略管理，我需要更加系统分析自己的优劣势，虽然我很冒进，但是我需要理性和底气，我不做没有把握的事情。"

"田总，您真的太优秀了，说不定还真可以做到 CEO！"

"哈哈哈，现在谈这个事情还早，差距不是一点半点。我先回答汪总的问题——是否愿意转公司运营管理。就像他说的那样，我考虑考虑，我好好地考虑考虑……"

"好嘞,那我跟进一下面试结果,到时候第一时间告诉您。"

"静候佳音……"

米豆放下电话,内心很是兴奋,脸上的表情简直可以用眉飞色舞来形容,她迫不及待去找 Enya。

"豆儿姐,你在打电话的时候老板来找你了。"

"嗯,我恰好要找她。"

Enya:"豆儿,来,我有个紧急事情需要你来救场,我们分析一下怎么做比较好。"

米豆看到 Enya 眉头紧皱的样子,她想知道老板遇到什么事情,自己不能撞在枪口上,她按下了自己的好消息。

"怎么了?"

"哎……最近简真是个多事之秋啊,一茬茬的事情往外窜!Raymond 要离职,他的团队可能不稳,想找你商量一下怎么解决这个事情。"

"Raymond 吗?"

米豆也很惊讶,Raymond 是团队中业绩仅次于米豆的团队负责人。在公司工作了 5 年多,兢兢业业、勤勤恳恳,职业而理性,平时大家工作都很忙,比较少交心沟通,确实比较意外。

"嗯!他说累了,工作有点疲乏,想休整一段时间。我说既然这样,给他放个长假好好休整一下,他拒绝了。我不知道他内在的原因是什么,你帮我挖掘一下,看看有无机会挽回。他之前从未表露过想要单干或者离开!"

"好的,老板。想要离职一定是有原因的,跟他谈之前,我想了解一下你这边的打算。比如是否一定要留下他,能给出的条件是什么?另外,老板,很尴尬,我也是跟他一样的团队负责人,这样的事情让我介入,好不好?"

Enya看了看米豆,她有些尴尬地笑了笑。"豆儿姐,我觉得我们之间一直都是坦诚以待的关系,你是个很可靠的合伙人,一起努力搞钱的合作伙伴。这个事情发生后,我在心里想,这个事情可以找你帮忙,可能习惯了你总能把事情处理好,我内心是这样想的。至于你刚才说的你也是团队负责人的问题,不要担心哈,你有什么诉求都可以找我谈,我希望大家能坦诚以待,只要是合理的,没有什么是不可以谈的。关于你刚才说可以用什么条件跟他谈,现阶段我想先了解一下他内在的诉求,只要是合理的条件都可以谈……"

Enya是个非常坦诚的人,也正因为这点让米豆没有异动的心思。她工作起来大部分时间是开心的,因为团队积极和简单,不需要花时间去处理精神内耗的各种事情,可以专心工作和成长。

"收到,感谢老板的信任,我先去了解一下他的想法再告诉你。我刚才问的问题只是想表达你是否介意我参与到这个事情中来,我对我现在的状态还是满意的,我的诉求,老板都已经帮我考虑了。"

受人之托,忠人之事。米豆筹谋着如何跟Raymond来一次顺其自然的沟通。

这些天,米豆一直留意着斜对面Raymond小组办公室的门。三天了,Raymond到点就走,完全抓不住机会,看他现在的行为确实与以往加班狂魔的形象完全不一样,事出反常必有妖,果然是内心不平静了。第四天,他终于加班了,米豆把办公室的门打开,便于观察他的动向,观察了一会儿,终于看到Raymond拿着杯子走出办公室。她赶紧摘下眼镜,滴了几滴眼药水,眼珠顿感刺痛,眼眶泛红且泪眼婆娑,抹掉眼角的泪花,她拿着杯子快步朝茶水间走去。

呜呜呜……

咖啡呜呜地响着，咖啡香味慢慢在办公区弥撒开来。

"哎呦，大神，又咖啡续命啊？"

"哎呦，豆儿姐！难怪大家都说要想见豆儿姐，那就留下来加班，一点都不骗人啊！你又在！"

"烦人，嘲笑我加班，哈哈……"

"来一杯不？"

"荣幸之至，来一杯续命，有劳大神了。"

"少加点班吧，一个女孩子家家的，把自己搞得这样好吗，眼睛红肿，眼袋深深，以后不好嫁人啊！赶紧找个有钱人嫁了算了。"

"哎，说起来就难受，找不到有钱男人啊，哪儿有？"

"我们这栋楼大把的优质男青年，用眼睛去发现。"

"好，我明天就去扫楼，看看能不能扫一箩筐回来。"

"哈哈哈哈，记得带上我们家小灵……"

"腰好痛！好累，好饿，饥寒交迫，命太苦！"

"还没吃饭？"

"没呢，等一个电话。"

"我也约了个电话，也没吃呢，要不待会儿一起，好久没一起吃饭了！"

"你老婆会不会介意？"

"少来！我们是兄弟，她放心得很！"

"好呀，太好了。我们去吃砂锅粥，吹着深夜的风，狠狠嚼碎蟹壳，好想那种味道！"

"九点半能走吗？"

"应该可以！"

十点的大排挡热闹非凡，两个职场精英脱下西装，隐入这市井烟火气中。

"你那边最近怎么样啊？"点好餐后，Raymond 看着饥不择食的米豆狂吃凉菜道。

"我那边的事情你又不是不知道，都是大家啃不下来的硬骨头，又丑又硬又苦。"

"我看你每天都甘之如饴，并不觉得苦啊！"

"你这是啥话，感觉我就是受虐型人格啊！"

"不瞒你，大家都这样说，哈哈哈……"

"大家私下怎么说我的？我倒是好奇。"

"自虐型人格，又漂亮又能干，积极向上的太阳花，业绩超好，如果你自立门户应该可以做得更好……"

"是吧，自立门户，这个比较有意思，我也想过。但是，我不喜欢做 BD 啊，要陪吃、陪喝、陪笑，低声下气，老娘不喜欢做这个啊。我就喜欢默默攻克困难，一个案子接一个案子扎实做，解决别人解决不了的事情，拿丰厚的提成，我是不是很没出息，没格局。"

"这倒不是，术业有专攻嘛，各有各擅长的。"

"不过，我最近操作两个岗位，一个品牌总监，一个 CSO，看那些年薪百万候选人的成长路径，我自己也有些迷惑，不知道后面的路怎么走。40 岁以上的候选人就业难，我也很慌，如果有一天咱们也找不到工作怎么办呀！"

"哈哈哈，豆儿姐也有这样的困惑呀！我还以为只有我呢！"

"对对对,说说你,你最近怎么样,有啥规划没?启发一下我。"

"嘿,我最近也迷茫着呢!工作没激情,按照我们给候选人的建议,当你对工作不再有激情,不管怎么调整也没激情的时候,是不是就该考虑离开了?换一家公司,换一个环境,换一种工作方式。我现在就处于这种迷茫的状态。豆儿姐,我觉得你像怪物,像发动机,哪来的源源不断的能量啊,每天像打鸡血似的。"

"哪有,我是没啥追求的人,特别容易满足,只是觉得需要认真对待每一件事情罢了!对了,你说你工作没激情,啥情况?不喜欢这个工作了吗?还是加班太多,影响你生活了?还是怎么了?"

"不知道啊,我也在找原因。招聘做了十几年,猎头也干了七八年,不知道是工作内容还是工作形式不喜欢了,说不上,每天上班都觉得没劲,不像以前那么拼命了,倦怠期,你有这种情况吗?"

"前段时间 Enya 让我临时帮她对接一个客户,没做好,回来被叨了一顿,心里难受!可能因为我们年纪大了,比较难承受别人的指责和批评,尤其是无理取闹的批评。那一段时间我比较懈怠,思考什么适合我,我该选择什么,也没想清楚。现在呢,倦怠的情绪又没了。"

"我也在想这个问题。你看咱们都三十五六了,一直这样打工也不是回事儿,万一有一天公司业务不稳定了,那麻烦就大了。"

"所以,你是想创业吗?"

"嗯,做人力资源这行也十五六年了,我想做小猎头工作室。要不,我们一起合作,我做 BD,你做交付?"

"咳咳咳……"米豆差点把满口的砂锅粥喷出来,"艾玛,真想走啊!"

"其实我现在很矛盾。我想做,但是我老婆又不想我创业,她觉得创业风险大，让我在公司打工，如果真的不喜欢在这里工作可以考虑换一家公司。唉，烦透了，不知道何去何从！我们公司挺好的，但是最近就是提不起兴趣和工作激情，内心烦闷啊！"

"创业也是一条不错的路，但是客户、成本、风险、收益这些都评估好了吗？"

"自立门户，要挣现在的年薪应该不难。我手里有三家客户，如果我自己做，开发这三家客户应该不难，因为这些年都是我在交付他们的岗位。成本嘛，我们的成本主要是办公室租金和人力成本，一开始一加二模式喽，招聘两个基础岗，他们负责sourcing，我负责面试即可，办公室就找个共享办公室呗！风险嘛，最大的风险就是自己做不起来，如果真到了这一步，那就再回职场，我相信我的能力。如果有你的加持，我相信我们一定能做得很好，怎么样，要不要一起？"

"听起来还不错。我想想哈，如果你做BD，我做交付，跟我现在的状态有啥区别？"

"自己当老板啊。我们俩一起成立合伙公司，为什么要一直给别人打工呢？"

"嗯，责权利呢？我要投资多少，收益分多少？"

"三七，或者四六都可以。投资多少分享多少？"

"嗯，我来分析一下，我投资40%，享受40%的分享权益，你还剩下60%，但是经营的其他成本、时间和管理精力、压力等可不小哦！我们做个数据比较，目前Enya给我们的团队提成，100万营收以内可能没自己创业的利润分享比例高，但是100万业绩以外跟创业的提成比例不就一样吗？关键是，你的提成基数不一定比现在大。另外，你手上的这三家客户可能会跟你合作，但是你知道公司团队的交付能力，创业前三年的业绩怎么样，是个未知数，同时还要承担创业各种琐碎的事情。对我而言，从收益和舒适度来看，并不比现在好呀！你算过这笔账没？"

"哎，我算过，确实存在你刚才说的这种情况，所以一直犹豫不定。其实，我对现在的收益还是满意的，只是想在自己的职业生涯中做出点成绩和不一样的东西。比如说，来一次义无反顾的创业，哪怕失败了也没关系。"

"确实，追求不一样的人生，实现不一样的人生目标！我怎么就如此安于现状呢，没什么大愿望，我也烦闷！"

"这可能就是男人和女人的区别吧！刚才不是说了吗，我老婆也不同意。她对我现在的收入很满意，说创业没那么容易也不会轻松，还给我分析了一堆创业失败后的影响，哎，真是绝了。她不是应该全力支持我吗，烦闷！"

"不能简单说支持你还是不支持你，因为你是局中人，她从旁观者的角度看可能会更加理性。从你的职业发展风险和家庭多个维度看，你现在是一股脑儿想单干，正热气腾腾呢，可以适当吹吹凉风。"

"所以，豆儿姐，其实，你也不太建议我创业是不？"

"不是不建议，再综合评估一下。你创业是为了梦想，还是为了搞更多的钱，抑或是什么其他的目的。如果只是为了实现自己的创业梦，可以去，哪怕是头破血流也没关系。如果是搞钱的话，要做好长期作战准备，前期估计会有些难，猎头要有规模效应。另外，我们不是经常跟候选人建议，创业要有合作伙伴，比一个人单干成功的几率大，如果你要找合作伙伴，那还不如跟 **Enya** 谈谈有没有新市场、新业务的深度合作，毕竟是熟悉的人和熟悉的环境，我想她应该是愿意的。对了，你跟其他组长聊过没，他们怎么想啊，我也要想想我的将来。"

"你已经很优秀了，像 Enya 那样拼命的人还是比较少的，只要你喜欢现状就好。"

"你别告诉我，你想折腾就是因为你是个男人，肤浅了吧！"

"切！"Raymond 不屑地嗤鼻。

"来来，喝一个！谋定而后动，才能胜券在握！加油！"

"干杯！干杯！"

乘着晚风，两个人东拉西扯了很久，Raymond 内心轻松了很多，米豆也可以跟 Enya 交代了……

2024 年 7 月 30 日，星期二，晴。

米豆在自己的日记里面写道：

同伴 Raymond 经过了十五六年的职场打拼，他想自立门户了，因为他觉得现在的职场没啥激情，所以想换个活法，他不想给别人打工，真好！

我呢？

我还是很喜欢现在的状态，没有倦色，更没有倦怠。话虽如此，我也需要时刻都要保持风险意识，时刻准备着，以备不时之需……

YOK 公司。

招聘经理王元满打来电话："米豆，好消息，终于有两个被汪总看上的人了。魏铭面试完了，聊了两个多小时，老板说还要约见一次，等我消息哈。"

"太好了，这是推荐的第 36 号候选人，容易吗！"

"嗯，真是辛苦你们了，老板对田小姐和魏先生都很满意，他很少表露对候选人的赞赏，说明这两个人真心是优秀的。"

米豆难掩激动的心情："太好了，希望接下来的推进也顺利。"

"对了，田女士这边，麻烦你跟她沟通一下，她对老板业务助理岗是否有兴趣，副总级。我坦诚告诉你哈，CSO 这个岗位是一定不会选女士的，老板明确了好几次，也就是说 CSO 这个岗位她没机会，但是我们老板说她有 CEO 的潜质，评价老高了。如果她有意愿的话，从老板助理做起，如果能达到老板的预期，CEO 岗位她就有机会。我悄悄给你讲哈，我们老板一直在物色 CEO 人选，一直没看到合适的，老板觉得田女士不错，你帮忙问问，我们老板看人很准的！"

"哇噻！YOK 公司 CEO 后备，听起来就很 cool。我跟她聊聊，看看她的想法。"

"加油，米豆，两个岗位哦，不枉你们跟了近半年！"

"好的，使命必达！对了，魏先生的复试时间确定了告诉我哈。"

"那必须……"

挂掉电话，米豆好想大叫一声，但是她忍住了，因为还没确定被录用，从复试到录用这个过程有太多的变数。即便发了 offer，候选人也可能会放弃 offer，尤其是这些优秀的人才；即便入职，还有可能试用期不通过。淡定了，淡定了，inner peace（平常心）……

阶段性成果，她只告诉了团队成员，希望他们再接再厉，不能停止优秀后补人才的 sourcing 工作。

米豆想约魏铭的时间沟通面试情况，但他一直忙，没约上时间。米豆心里有些焦躁，她神经质地感觉候选人面试结束后，好像对这个机会不是那么感兴趣，天哪，可千万不能这样啊！她心里有一千种可能发生的情景……

Enya 办公室，她请了一个律所的朋友咨询如何整改公司股权。米豆把 Raymond 想创业的想法告诉她后，他仔细分析了利弊，Raymond 的离开对公司的发展不会造成致命影响，但是会在一定时间影响公司的业绩，最关键的是他有 80% 的可能会带走手上重要的三家客户，他的工作室会和三智言语形成竞争关系，她不想看到这样的局面。Raymond 对职业发展有更高、更多的期望是很正常的事情，所以她想要找到一个合适的方式来把他们凝聚在一起，形成合力，一起搞钱。她想把现在的 6 个团队负责人发展成为真正意义上的合伙人，哪怕为此拿出更多的利润。

"Enya，合伙人的方式方法有多种，有股权、有期权，也有合伙出资成立新公司等形式。其实从人性为出发点来看，你的下属，尤其是有能力的下属，他们想要的是自我价值实现，可以比现在的状态更高、更好，拥有参与到公司实际经营中的话语和决策权，而不是一个打工者的身份。所以，如果你想把这 6 个都发展成为公司真正的合伙人，购买或者对赌完成一定目标赠与公司股权，或者和他们一起成立分公司……"

Enya 一直想把公司的规模扩大，但是从目前的情况来看，她的精力是不允许的。目前的 6 个项目合伙人，都已经合作 4 年以上，品行和能力都不错，让他们成为股权合伙人，一起把公司做大做强，应该是最好的选择。

"Enya，你现在经济上应该是自由的状态，不要把利润盯得太紧，用利润去刺激他们，用这些利润让他们赚更多的利润回来，这才是用人和做企业的最高境界。把你现在利润的 20% 再分出去，然后至少赚回你投出的 20% 的利润，把这个作为工作目标，即把投资回报率做大。"

"股权就直接送吧，这样更显得我和他们合作的诚意。"

"最好不要这样。一般来讲，大家都不会特别珍惜和在意赠送的东西，尤其这个东西的价值没有直观感受的情况下，没啥意思。如果你判断他们在品行上、能力上都可以作为你的合伙人，可以利益共享，风险共担，并且拿出你的诚意，他们也要表明对合作的态度和意愿度，最好是出资购买，因为自己投钱，他们才会和你一起努力把成本保住，然后再努力赚回期望的投资回报率。"

"要看他们愿不愿意，毕竟要他们拿钱出来。"

"如果对你和公司发展有信心，这个人是理性的，应该会愿意。合伙开公司，如果只愿意分享利润，不愿意风险共担，这样的合伙人不要也罢。"

"好的，我想想，让我好好想想。"

"你现在有明确、成熟的项目合伙机制，建立起一套有效的股权合伙人机制，开放给所有员工，在更大范围寻找适合的合伙人，那不更好吗？"

"有道理，有道理。这个方案就交给你做了，报个价给我，要快……"

晚上十点零一分。

"米女士，现在方便电话吗，今天一直陪老板看项目，刚把老板和客户送走。"

"方便，我电话您？"

"可以。"

"魏总，现在才忙完吗？太辛苦了吧！"

"这就是我们的常态啊。老板付高工资给你，那可不是5天8小时工资制哦！"

"哈哈哈，是的！这就是所谓的欲戴王冠，必承其重的道理吧！位置越高，薪酬越高，责任就越大，工作复杂程度和需要的精力就越多，轻松不了！"

"是的，是的，经常忙得晕头转向……"

"昨天跟 YOK 的汪总聊得怎么样？这个机会跟您的期望是否匹配？"

"还行，他们现在应该有家顾问公司在帮忙搭建体系，汪总说是找了 BN 公司，相当舍得花钱，所以我觉得老板要把战略这个事情做好是认真的，这一点我觉得挺好的。另外，对于汪总本人来说，他很清楚自己要什么，并且配置足够的资源去做这个事情，这也是做好战略管理必须的条件。他本人对战略管理也是比较了解，跟他沟通的过程中，我能感觉到他战略管理的理论体系比较系统，但是比较表面，我不知道这样说对不对，他是不是面试了不少人，感觉是思想的大杂烩，门派比较多。最后，公司目前国际化发展的要求对科学、系统、有效的战略管理是迫切的，这些都是做好战略管理非常重要的因素，符合我的预期。我最担心的一点是，跟汪总整个交流下来，我感觉他把国际化是否成功的关键全部押在战略管理上，这个想法本身没问题，但是，再有效的战略管理毕竟也只是规划性和方向性的工作，最关键是公司其他职能组织是否能全力去执行这些规划和方针，如果方向没问题，但是各职能部门执行和配合上出问题，再有效的战略规划也很难做。这个点对我来讲比较没底气，我不知道 YOK 公司内部管理、工作风格和员工整体的素养如何，这一点关系着我后期的工作绩效，需要详细了解和仔细评估。"

"收到。毕竟是第一次见面聊，这么重要的岗位，可能需要多聊几次，如果有机会，您会继续聊下去吗？"

"当然可以啊，聊一聊，即便不能合作也可以交朋友，退一万步来讲，还可以积累案例。"

"魏总通透！汪总的风格如何，假如后期有机会合作，是你喜欢的风格吗？"

"汪总属于比较传统、实干、严谨、规则力很强的老板，所以才能成就今天的 YOK。但是呢，说到战略管理工作绩效要求的时候过于公式化，比如要求这个岗位上的人完成目标必须有具体的时间节点，精准到天，并且要有非常具体的量化标准。战略管理是个很综合的问题，时间节点和业绩要求可能没那么好量化，效果如何，如前面所说，是各部门综合配合和行动一致的结果。"

"明白。我听 HRD 说过汪总是军人出身，纪律性和规则感很强，是一个讲道理、明事理的领导。至于您刚才说的，可以做一个系统规划、各部门权责及工作业绩预测状况等跟他沟通，达成共识再行动。如果后面有机会再交流，可以重点跟领导聊聊这个问题。"

"是的，还需要继续交流，我要评估这个机会能否给我带来能力或者成就感方面的提升。我不喜欢过于平庸、平常的工作内容，喜欢有挑战、能让人兴奋的工作，天生的自虐狂。"

"正因为您的积极向上，又是自然型、内驱力极强的人才，喜欢有挑战和创新的工作，您才成为这个领域顶尖的专家啊……"

米豆和魏铭聊了半个小时左右，目前看来魏铭对这个机会还是有兴趣，没有拒绝就好。解决这个问题的关键是要满足他换工作的诉求，这份工作要足够有挑战和成就感，能发挥他的能力，领导要信任和授权，拒绝内耗。这些问题点的解决端口在 YOK，米豆决定约 YOK 的 HRD Ammy 深入聊聊这个问题。明确了岗位设置和业绩要求，确定好领导的管理风格并告知人才的择业诉求，寻找一个平衡点，这个事情就可以谈……

米豆记录好后期主要工作内容和跟进要点后，看看时间已经是 11 点，关上电脑准备收拾下班。

呜呜呜……

手机振动，她抬眼一看，是田若菲发来的微信："米女士，休息了吗？方便聊聊不？"

米豆顺手拍了一张办公室的照片，附上内容："还在公司搬砖呢，当然方便！"

田若菲："这么晚了，你们也真是卷啊！"

"工作没做完，没办法啊。努力努力，向优秀的你们靠近呢！"

"哈哈，这么晚了，吃饭了吗？"

"准备回去的路上简单吃点。没事儿，田总，有啥事儿，您说！"

"想跟你聊聊 YOK 工作机会的事情。"

"我记得您也住南山，要不出来一起吃点宵夜，好好聊聊。"

"好呀，我也没吃饭，饿死了，一起。"

青柠酒吧。

两人见面，外人看起来像认识很久的老朋友一般，这就是高手。田若菲是见人熟的风格，米豆也不扫兴，米豆很喜欢与尊重猎头、跟猎头密切合作的候选人聊天，因为这些人是聪明的，懂得如何运用猎头资源帮自己争取机会和其他的资讯。有些候选人只要跟企业 HR 接触上就迫不及待地把猎头踢得远远的，迫不及待地要与 HR 建立密切的联系，其实这并不明智。

两人点好饭菜，闲聊了一阵，然后田若菲先说道："米豆，企业端让你问我是否愿意做老板业务助理，我这两天一直在想转企业经营管理这个事情，有点拿不准，所以想找你沟通一下，给我点意见呗！"

米豆放下筷子，慢慢咀嚼着嘴里的食物，听完田若菲的话，说道："这几天思考后，您是怎么想的呢？"

"我这几天一直在想这个事情。如果是老板的助理，未来可以往 CEO 岗位靠近，还是有点心动。现在就是担心如果自己做不好，那是很丢人的事情，可能成为我引以为傲职场经历中的污点，我有点害怕！"

"哈哈，不至于，有点严重了。我问问您，假如心里有一把天秤，想去做和不想去，哪一边会多一些？"

"我觉得，想去尝试一下会更多。"

"那不就结了吗，决定去就去，分析一下风险点，然后把风险点制定系统的解决方案和做可行性论证呗！制定方案能力和解决问题的能力，这些可是您最擅长的呢！"

"话虽如此，我擅长的是在战略管理领域做解决方案，并不是在公司运营方向，没这么简单的。那是 YOK 公司的 CEO 后备啊，并不是一个小公司。"

"田总，咱们应该重点关注您是否愿意做老板业务助理，CEO 岗位是目标，对吧？"

"说实话，我内心是把这个岗位当作 CEO 后备去思考的。一个老板助理，我可没啥兴趣。"

"那当然，毕竟您那么优秀。但是，您刚才也说了，做 YOK 公司的 CEO 是多么困难的事情，不从老板的助理做起，怎么有机会成为 CEO 的后备呢！"

"也是，毕竟没有 CEO 这个岗位的经验。"

"那问题不就迎刃而解了。不是立马上岗，而是有岗前培训和实操锻炼，培训和实操考核通过后才有机会。"

"但是，如果考核不通过怎么办？"

"这个岗位不是普通助理，副总裁层级的业务助理，我觉得对您来说怎么都会有所收获。"

"这是肯定的。米豆，我说假如，有没有可能直接跟他们谈 CEO 这个岗位。"

"嗯，您觉得有多大胜算，他们会不会同意。"

对于米豆的这个问题，田若菲的表情有些不自然，然后说道："我不是码不准吗，找你商量一下。"

"谢谢田总的信任，那我们好好分析一下。我们做一个换位思考的假设，如果你是公司老板，在选择一个 CEO，会考虑您这样背景的人吗？"

"如果我是汪总的话，我综合分析和评定这个候选人 OK 后，应该会冒险任用，尤其是我对自己有信心。"

"明白。如果我是汪总，我应该不会选择。理由是，汪总是军人背景，他低调、严谨、实干，公司属于比较传统的管理方式，从风格上来讲，他不会轻易做没有把握的事情，尤其这个岗位还是关乎公司命运和发展的 CEO。另外，从 CEO 这个岗位本身来看，公司的二把手，岗位的特殊性决定了任用的严谨性，因为人选一旦上岗，必定会推陈出新、大刀阔斧地进行公司治理的变革，具有 CEO 特点的管理方式会在公司推行，涉及面不仅是全公司范畴，还有外部合作伙伴等。如果这个人不合适，换掉这个人带来的代价和成本是无法估量的。再来说，如果这个人不合适，会带来组织的动荡，影响公司的内部协同、管理效率和业绩目标的达成。基于以上 3 点，如果任用一个战略工作背景且没有公司全盘治理经验的人，那就是在冒险。如果我是汪总，我不会做出决定。"

"你分析的也在理。所以你觉得直接跟他们谈 CEO 岗位是不会被接受的,是吧?"

"我觉得可能性非常小。空降一个 CEO,不了解内部组织情况,不了解公司业务形态,不了解内部管理模式,又非专业背景出身,风险巨大,从老板的角度来看是不太可能。我觉得,从汪总建议的助理开始,然后力争 CEO 后备,看起来会更加理性。"

"何以见得?"

"您看,YOK 公司下一步发展重点在海外市场的拓展,汪总的大部分时间和精力估计都会放在海外市场,国内需要一个人坐镇,这个人是谁,是他想要找的业务助理。作为助理,代表的是老板的管理意志,执行的是老板的管理思路和决策,各业务领导都会给予这个岗位该有的尊重,工作推动起来也比较顺畅,管理的压力也不会那么大。在助理的岗位上不动声色地观察公司的管理团队工作风格、内部业务流程、公司治理模式的长短板、各职能团队管理要点等,等到羽翼丰满的那一天,老板评估合适,CEO 的任命不就水到渠成了?我相信,如果有那么一天,上任的时候您会更从容和得心应手,压力会更小,把这个岗位做好的机率会更大,稳扎稳打走上您职业生涯的巅峰……"

"来,喝一杯!感谢米豆的分析,听君一席话,吾茅塞顿开。"

"客气、客气。咱们就是理性分析目标和需求,什么样的安排对您是最好的,用最小成本和风险去实现您想要的东西。"

"好的,听你的建议。不知道 YOK 那边什么时候做决定?"

"我明天跟进一下,也帮您争取下一轮面试。"

"今天找你聊天就是要打破内心的不安和纠结,刚才的交流已经解决了我的问题,如果有这个机会,我会毫不犹豫地抓住,然后努力做好助理工作，成为合格的 CEO 后备人选，再竞争 CEO 这个岗位。我相信我可以做好！"

"收到。我约一下对方 HR 深入聊聊，再明确一下他们的需求点、岗位主要工作内容和绩效要求，您再深入和仔细评估一下。"

"好的，谢谢米豆。对了，下一次沟通你建议最该跟对方确认什么？"

"您的目标是啥？"

"剑指高点，拿下 CEO 岗位。"

"我建议，您跟汪总确认好晋升到 CEO 这个岗位的必须条件，最好能拿到一些书面的承诺，因为您的目标是这个。"

"嗯，跟我想的一样。"

"好期待。如果顺利，未来每天的工作都是 CEO 的修炼，这样的日子多有盼头和有冲劲儿，想起来就很激动……"

米豆跟田女士的对接，最大的感触是她对自己的职业规划和落地执行能力。所谓的职业规划就是我的职场应该是什么样子的，总目标是什么？阶段性目标是什么？目标包括晋升目标、薪酬目标、技能经验积累目标、人际关系目标、工作和生活平衡目标等，问问自己，我的目标是什么，我该如何去实现这些目标——这就是成功人士的目标管理办法。

第十一章　相互欣赏，彼此成就

最近发生的事情让我深刻认识到，成功，需要的不止是一百个失败，可能会更多，但是只要你坚持，就一定能看到希望和成功的光。

深夜 12 点半还走在回家路上的米豆发了一条朋友圈。

"豆儿姐，又成大单了？"Raymond 评论道。

"快了，"米豆回复。

组长工作群里 Enya 发了条通知："明天晚上聚餐，一个都不能少！"这顿聚餐来得真及时，米豆心想道。

某私房菜包厢里传来一阵椅子与地面摩擦的咯吱咯吱声音，一阵愉快、放松的吵闹声，Enya 私下里根本不像一个老板，更像一个豪侠。

点菜、上菜、吃饭、八卦，好不热闹。Enya 看着她的 6 个组长，他们很努力，品行也不错，奋力给公司赚了不少钱，陪着 Enya 打造了三智言语不错的口碑，真的很感谢他们。

酒足饭饱后，Enya 举起酒杯："来，大家喝一个。我这几天一直在想我创业的这些年，太多的心酸和不容易，从最开始的一个人，到两年后米豆的加入，三年后 Shine 和 Raymond 的加入，四年后美亚和 Laya 的加入，五年后 Justin 的加入，感谢你们陪我一起把三智言语做得这么好，谢谢你们这些年不离不弃的陪伴和拼尽全力的工作状态，谢谢！"

刚才还在群魔乱叫，Enya 突然的抒情感慨还伴随着红眼眶和泪花，让大家都有些拘束，也在猜测到底发生了什么。

Enya 仰头将杯中的酒一饮而尽，眨巴眼睛控制着眼眶中的泪花。

难道 Raymond 坚决要离开？米豆内心一大个问号，Enya 不是要拿出解决方案吗，难道没留下他？

米豆疑惑的时候，Enya 继续说道："我一直在想一个事情，如何让大家开心工作，如何让大家和我一起赚很多很多的钱，如何让这个团队越来越强，如何让我的公司越做越好。咱们公司的行业特性，为了高效运作，并不会设计复杂的组织层级，管理岗的天花板就是组长，我忽略了大家的职业发展诉求。前段时间，我跟一个同行交流，他问我公司股权合伙人机制是怎么设立的，我当时是蒙圈的，因为咱们没有……所以，这段时间我复盘了我的整体工作，是我太过于世俗，一门心思都在搞钱上，没有深度思考如何让大家长久合作。工作不仅仅是搞钱，还要实现大家的职业发展诉求。我咨询了几个律所的朋友，最终的结论是，在公司推行合伙人机制。"

"哇哦！此处必须有掌声！"

"吓死我了，刚才那么严肃和煽情，还以为公司要裁员呢！"

"哈哈哈哈……"

"Enya 就不适合做这种严肃的事情。这本来是好事儿，开始那基调，我还以为发生了啥不好的事情呢！"

"哈哈哈哈……"

包厢里又沸腾了，直接把 Enya 的泪花笑了出来。

Enya："设立合伙机制的目标就是让公司二次创业，让大家当老板。知道这是啥意思不？可高级了，我可是花巨资请律师定制的。"

大家眼神发光，自动关闭所有可能制造噪音的动作，聚精会神地听着。

"合伙人机制有两种方案，这个合伙人是股权合伙人，跟我们现在项目合伙人的方式有很大区别。第一种方式，入股现在公司的股权，对现在公司进行估值，确定股份，根据大家的能力出资购买，组长享受7折优惠，共担成本和风险，根据大家购买的股权比例享受分红。这个方案的弊端就是公司目前发展了十几年，根据目前的业绩来看，估值1000万，我可以拿出40%的股权，大家根据自己的能力选择购买比例，这个方案需要大家拿出的银子比较多。第二种方式，公司目前的发展比较正常，如果大家对我，对公司未来的前景看好，我们一起把公司做大做强，由三智言语和你们一起出资设立新公司，公司股权占比分为两个阶段，前期不低于60%，公司主要负责市场拓展、治理体系搭建及运营，等到新公司成熟后，公司持股比例可以根据合伙人成熟度和能力做调整。合伙人成熟度指市场拓展能力和管理能力，后期公司持股比例不低于40%，一起出资，一起经营，共担风险，共担成本，共享利润。具体股权对应的权利义务、限制条件等看看这份文件……"

Enya说完从包里拿出一叠资料递给大家。

米豆："Enya，我一直有个问题想问问你，您做三智言语这家公司，最难的是什么？"

Enya吃了两口饭，把筷子放下，慢慢地说道："猎头公司的门槛很低，起步并不难，如果你有资源，赚点小钱也不难，但是公司如何持续做下去，业绩持续上涨，这是个问题。对于三智言语，为什么叫这个名字，我以前告诉过你们。公司的股东有三个，我代表另外两个来经营公司，有两个隐形的股东，他们是资源端，我把他们给的资源固定下来且做实。公司产品就是猎头服务，但是资源比你的产品更重要、更核心。交付能力强的人很多，但是他们不一定有资源端，也不一定能把资源运用好，这个是关键。第二个难点是合伙人的选择，合伙人很重要，合伙人之间要能长短互补，价值观要大体一致。合伙做生意的目的是协力赚钱，方方面面都会碰到利益，如果价值观不一致，那一定会矛盾重重，吵吵闹闹，搞得大家身心俱疲，看着彼此都闹心，还咋合伙做生意呢！第三个难点是有效的内部分配机制的建立。这个比较好理解，一是如何解决合伙人之间的利益分配问题，让合伙人之间开心不散火，谋求长久发展；二是如何解决公司与员工之间的利益分配，让员工踏踏实实、开开心心跟着你干！这三点，我觉得最难。"

米豆："谢谢老板的分享。来，喝一个，敬相遇的缘分，敬未来的无限可能。"

"干杯，干杯，干杯……"

Enya 继续说道："综上所述，从资源端、合伙人的选择、管理机制的成熟度、分配机制的激励性，如果大家想自己创业，不是做一个个体工商户，想要找合伙人一起赚大钱，和我们公司做合作，应该是个不错的选择，对吧！对吧！"

Justin 喝了一口啤酒，兴奋地说道："是的，我觉得 Enya 真的很会做生意，会照顾我们的情绪，会激励员工，也舍得利润分享。如果我要去市场上寻找合作伙伴，我觉得跟公司合作应该是最好的选择。"

"确实如此……"

大家讨论着方案。

"哇，我觉得 Enya 这个方案是专门为你量身定制的，你说你想创业，老板就搞了个合伙人机制,是你建议的方案吗？"米豆给 Raymond 发微信。

"算是吧，为大家谋了一次福利。"

"可以哦，哥！结果呢，是你想要的吗？"

"还行吧！"

"还行是啥意思,后面再约时间聊聊,想听听你的高见,帮我参谋参谋我该选哪种形式。"

"荣幸之至!"

EYE 公司刘总办公室。

张笑毕恭毕敬站在一旁,刘总正在仔细翻看 3 位品牌总监候选人的简历,时而轻松,时而皱眉,时而咂嘴叹息,看起来很是纠结。

"这 3 个,任先生、黄先生和乔女士,你觉得哪个可以?"刘总抬头问张笑。

刘总,这 3 个候选人算是百里挑一,我个人会比较倾向乔女士,项目经验比其他人更加丰富,可能是女士的缘故,沟通影响力很不错,公司目前中层管理者中,除了人力行政部是女士以外,其他部门的负责人都是男士,这样对于开展后期工作,性别上可能有一定的优势。我觉得猎头公司的推荐报告比较系统和全面。"

"猎头公司,不要那么多信任他们,他们的这些建议只是看看就好。他们只是想赚钱,当然把这些候选人写得神乎其神,自己要有判断。"

张笑看了看一惯特立独行、总是不信任人的刘总,想说点什么,想了想还是算了吧,又把话咽了回去。

张笑:"刘总,这 3 个候选人您见了 3 次,您对人才的要求那么高,能进入决赛的人已经是非常出色了,不管是哪一位入选,他们的经验、能力都能胜任现在的岗位。您的下属,还是根据您的用人偏好来决定吧!作为人力资源部,我们会严谨设计试用期考核维度和指标,并做好跟进工作和考核工作。"

"其实我也比较倾向于乔女士,但是,又担心她会不会生二胎,会不会接受加班和出差等，所以比较犹豫！"

"如果您犹豫的话就不选择，排除性别，选您最满意的那个吧！这3个，从人力资源管理的角度来看，我觉得都非常优秀和匹配。"

"好，那就选这个黄先生吧。跟他谈谈薪酬，年包不超80万。"

"收到。"

离开刘总办公室，张笑笑了。这个岗位，在拧巴和纠结中招聘了2年多，三智言语接这个岗位的时候，HR就自己招聘了大半年。老板以为他从几十个优秀的面试者那儿偷师学到的东西可以被聪明的他进行内化，可现实恨恨打了他一记耳光，终于接受了赤裸裸的事实，专业的事情需要找专业的人来做，但是必须支付猎头费。

张笑希望薪酬谈判顺利，赶紧把这个人招聘到岗，为了彻底解决这个事情，她需要猎头公司的帮助。她立马给米豆打电话。

真的吗，真的决定录用了？米豆听到这个消息，激动坏了。

"是的，米豆！长征一样的猎聘之旅，终于看到了光。但是咱们也别高兴太早，革命尚未成功，同志们还需要努力啊！"

"是的，是的，张总说得对。主要是这个信息太让人激动了，一年多的时间啊！"

"哈哈哈，幸好没放弃！马上进入谈薪环节，我们商量一下策略，一举拿下，我是真不想碰这个岗位了。"

"好的。"

"米豆，你先了解一下他的合作意向、目前的薪酬总包和具体结构，以及期望涨幅。"

"收到。这个岗位的预算控制在多少，时间太久了，我都有点忘记了。"

"年包75万左右，你尽量控制在这个范围，合同3年，试用期6个月，社保和公积金全额缴交，公积金比例6%，法定福利跟着国家政策走。他的职级，1年后根据绩效表现可以参与公司股权激励。"

"收到。我先了解一下。"

挂掉电话，米豆控制着内心的激动，因为来之不易，因为希望和失望切换了好几次，她也不知道这次是否能真的成功，还不到最终庆祝的时间。她只是低调地告诉了荷叶，让她根据EYE的薪酬年包了解一下对方的薪酬状况。

荷叶："我的天，这次不会是真的吧，我都不敢去相信了！"

米豆："平常心对待。认真对接该对接的事情，把事情做好便会水到渠成。"

荷叶把候选人黄先生的简历报告点开，把他的面试记录打开，快速查找关于薪酬福利的相关记录。目前的年薪70万，月薪5万，2个月左右的奖金。EYE给的年包是75万，我勒个去，这咋谈。

荷叶约了黄先生晚上8点电话沟通，米豆也在。

晚上8点整。

"黄总，晚上好！我是三智言语的荷叶，跟您沟通一下EYE工作机会的事情……"

"你微信上说EYE那边面试有结果了，有希望没？"

"您那么优秀，怎么会没希望呢！恭喜您，通过了他们的面试评估。现在，选择权就给到您这边，需要您评估一下是否看得上他们。"

"哈哈，怎么会看不上，EYE还是非常不错的。只是他们招聘品牌总监的效率有点让人匪夷所思，不知道内部的决策效率是不是也是如此，老板的做事风格也是如此扭捏。"

"黄总，关于这个岗位招聘周期如此长的原因，我之前跟您详细讲过，咱们不纠结了。经过长时间的折腾，我反倒觉得是好事儿，因为老板已经想得很清楚，已经到了非找这个人不可的地步。"

"嗯嗯，我分析下来也是这样。刘总面试的人越来越多，慢慢从理论上了解到了品牌管理的整个体系、概念和操作逻辑，老板的聪慧让他骄傲地以为品牌管理他已经全部掌握，傲娇了点！"

"嗯嗯，是这个道理。黄总，我想问问您对老板的风格或者合作伙伴的风格有什么要求？"

"首先，我觉得老板应该是一个尊重专业，并且要有决心把品牌管理做好的信念；其次，他要有边界感，什么事情是他该做的，什么事情是品牌部门该做的，他要清楚并且遵守这样的边界感；最后，敢于做决定，千万别像招聘品牌总监这事儿一样，拖拉一年半载，黄花菜都凉了。至于合伙团队或者伙伴，我觉得还好，毕竟是打工，新组织是要我融入进去，不是别人适应我。跟老板确定好工作目标，做好工作计划，协调资源积极推进完成工作目标即可。"

"黄总通透。您跟我们接触的很多候选人不一样，不会对东家提出很多条件，想到的是自己如何适应。"

"已经做到这个层级，又不是刚入职场，大家关心的点不同吧！"

"您对 EYE 这次机会还有什么疑问吗？"

"我最担心的事情是老板有没有决心把这个事情做好，我们之前也聊过很多这个问题，也跟对方的 HR 聊过，可以打消我的顾虑。老板和他的合作伙伴们已经想清楚一个职业、专业的品牌负责人有多么重要，剩下的就交给专业的人，公司能够提供足够的资源来支持品牌管理工作那就完美了。"

"嗯嗯，您对薪资的期望呢？"

"之前面试的时候说80万左右，左和右分别是多大的Range(范围)。"

"Range的话，一般20%左右，但也要看具体情况。企业的定薪一般是根据您之前的薪酬，双方协商一个合理的涨幅，最终达成共识。"

"有股权吗？"

"有，考虑到人选的稳定性和绩效问题，HR说入职1年后根据绩效情况决定是否授予和授予的数量。您期望能拿到股权吗？"

"那当然，成为公司的股东，大家一起努力嘛！"

"那确实。这个问题，我有个小小经验分享，股权和期权是不一样的，如果能成为公司的原始股东，那肯定是不错的。对于EYE而言，成为公司的原始股东的概率极小，并且可能是很久以后的事情。期权的话，就激励性而言，主要看公司业绩稳定性和增长性。从整个薪酬包来看，期权是锦上添花的事情，建议把实实在在能拿到的现金收入谈好，您的期望是什么，我们先制定一个薪酬谈判策略。"

"你说的对，先把能拿到手的谈定，其他都好商量。我目前的薪酬结构很简单，基本工资5万，2个月左右的奖金，公司这些年业绩不好，所以奖金有时候1个月，有时候2个月，这也是我换工作的原因之一。期望的话，我已经有2年没调工资，希望固定部分有个30%的涨幅？"

"固定60万，30%的涨幅，也就是固定80万左右。"

"最好在100万左右，你觉得怎么样？"

"如果您的绩效好，加上奖金的话，100万左右有可能。如果固定部分在100万的话，涨幅65%左右，这个比例我觉得太高了。我很坦诚地告诉您，他们目前有三个合适的候选人，如果薪酬太高，对您不利。如果按照固定100万去谈，谈崩的可能性很大。您是否能承受谈崩的结果？"

"你的意见呢？"

"从您的期望出发，结合实际情况来分析一下。品牌管理人才在市场上并不稀缺，只是需要招聘的人花时间和精力去挖掘，再加上他们还有2个备选人选。结合他们的预算，我觉得固定部分80左右比较安全。如果您的绩效达标，13薪没问题，如果您的绩效优秀，经营业绩奖金也没问题。假如是1个月，一年您可以拿14薪，年薪在93万左右，离您的期望工资100万还有7万的差距，如果加上福利待遇应该也差不多。建议您跟对方HR沟通时，把13薪、经营业绩奖金发生条件、股权授予条件及公司的福利问清楚，如果总包在100万左右我觉得可以接受，这是基本线。当然，大多数企业HR谈薪的时候都会习惯性压低候选人的期望，所以，您在跟她沟通的时候，可以设定3个点，固定工资期望涨幅40%，中间线35%，基本线30%，如果谈到30%左右就差不多。当然，也有些公司不会压期望，如果他们大方地给您涨40%，那就皆大欢喜，只不过这样的可能性比较小而已。谈判期间，您需要把握对方的态度，如果涨幅太大，对方很强硬，您想拿到这次机会，那就要做好取舍和平衡，涨幅接近期望就差不多。如果您觉得有更好的机会可以选择，那您就可以强硬些，但是要留有谈判的余地……"

"好的，我仔细思考一下。"

"黄总，跟您对接这个岗位也有8个多月，我相信您这期间也在接触其他的机会，有看到合适的机会吗？"

"目前没有特别让我心动的机会，现在年纪也不小了，所以在择业方面还是比较谨慎。之前也跟你提过，需要找一份能发挥我的特长，能提亮我履历的工作机会，有拿到几个offer，都不是特别满意，我都放弃了。"

"所以，我可以理解为，如果offer谈判顺利，您会考虑EYE。"

"嗯，毕竟平台在这里，恰好公司的品牌需要变革重塑，我喜欢有挑战的工作，不喜欢按部就班、没有创新的工作，属于自然和自虐型人格！"

"哈哈，从我们猎头的视角和这些年的从业经历，我发现优秀人才的共性之一就是您所说的不安于现状，自虐型人格。能坐高位，能拿高薪的人才都是为自己要求极高，希望突破，喜欢突破，喜欢变革的性格类型，强调为自己履历增添色彩和增值，不喜欢没有成长的机会。"

"是的，对我而言，作为苦歪歪的打工族，只有时刻提醒自己，时时要修炼自身，保持自身价值，才能在年龄不断增长带来的职场危机中保有一定的竞争力。"

"崇拜！其实我还挺担心您会不会因为EYE品牌工作需要打破重建，需要变革，会遇到很多未知困难而犹豫的。现在听起来，这个点可能是您择业的一个兴趣点。"

"嗯，算是一个兴奋点吧！如果能把EYE品牌管理的工作做好，对我的履历来讲是一次抛光。当然，要能拿下这个机会才行。"

"黄总，我这边了解了您的需求点，我跟对方HR反馈一下，让他们尽快给出定薪方案。也麻烦您根据我们刚才的沟通做一份可进可退的薪酬谈判方案……"

荷叶挂断电话，米豆和荷叶脸上的表情都轻松了很多。

米豆："不错，太棒了！这样听起来，成功的几率在70%以上。目前最大的问题是如何解决他期望工资的问题，对方招聘的时候给我们80万左右的预算，昨天告诉我们75万年薪，我觉得75-85万之间可以谈，如果能帮黄先生争取到90万左右的话，那就完美了！"

荷叶："是的，我也在想这个问题，对方75万的预算确实有点低。不过还好，黄先生目前所在公司的经营状况并不是特别好，这点有利于薪酬谈判。

"嗯，这个点只有到万不得已的时候才拿出来说，我们还是帮候选人争取到他的期望，这样才能长久合作。如果他对薪酬不满意，后期工作上遇到困难，或者有更好的机会找到他，他可能会动摇、会离职，对大家都不利，把这些因素都考虑进去。"

"好的，豆儿姐。"

"你把刚才的面谈记录整理一份给我，我做一个方案给张笑。另外，EYE 老板在这个岗位上折腾了两年多，他应该有很多期望。我要跟张笑好好沟通一下这个岗位面对的最大工作困难，老板对这个岗位的关键绩效要求，希望他试用期解决的问题等。在黄先生入职前，我们需要协助他明确这些问题，有助于他试用期工作的开展和试用期考评，还有工作成就感……"

"好的，豆儿姐。"

"我让 Enya 帮忙从内部打听一下老板和其他合作部门的工作风格，再次确认一下，给黄先生一个参考……"

Enya 办公室。

米豆把品牌总监最新招聘进展做了汇报，把目前遇到的困难和需要支持的工作也做了详细描述，目前影响录用达成的关键问题就是薪酬，存在 10 万左右的差距，希望 Enya 能找内部人士打听一下老板对这个岗位的价格定位和可谈判的空间，以及老板和业务部门的工作风格等。

沟通完品牌总监岗位，米豆赶紧追问 CSO 岗位的沟通进展。

"Enya，你跟 YOK 的汪总见面了吗？"

"没有啊，没约到时间，听说他们最近很忙，没那么快哈，不要着急。"

田若菲和魏铭都很优秀，我觉得可能性很大。"

"田若菲我觉得可能性比较大，至于魏铭，他非常理性，对下一个平台有非常明确的需求，并且需要找到非常契合的机会才会动，这是我最担心的。我也问过他的薪酬期望，他说先不急，等面试结束了，双方都有录用意向后再谈这个问题。他不慌不忙，我心里没底。"

"嗯，很符合他这个层次的人对薪酬期望的理解。他说得没错，没有拿到对方的录用意向，谈什么期望薪酬。他不是职场小白，一开始就问客户能给多少钱，他们需要找的是符合自己发展的平台，至于这个岗位的薪酬，市场自有定论。如果客户认为这个人符合公司发展的要求，薪酬不是个问题，一个优秀的 CSO，他的价值可远远不止 500 万年薪，所以，这个问题不用担心。最担心的就是你刚才说的问题，他期望的工作平台 YOK 能否提供，对于如此有才华和个性的人才，老板是否能绝对信任、尊重和支持他的决策，这个平台是否能给他一个新的职场兴奋点，他追求的是马斯洛需求层次理论的最高一层——自我价值实现。"

"好的，那你继续帮忙约老板，我再系统梳理一下人选的需求，再跟对方 HR 对一下需求，把每个需求点都落在实处，让候选人对每一个点都清楚明白，offer 也接得明明白白。"

"嗯，加油！"

又是一个挑灯夜战的日子。同事们都走了，米豆忙完面试，正在梳理 CSO 和老板业主助理两个岗位可能失败的因素，并制定解决方案。

假如我是公司老板，花上百万年薪，我希望这两个人入职后能给我带来什么样的岗位价值，给公司的管理带来什么样的变化？假如我是公司的高管，对于两个高薪聘请的高端人才，我会有什么期望，会向他们提出什么样的挑战？如果我是公司的 HRD，从岗位设置的目的和老板对这个岗位的业绩要求出发，我如何设计他们的绩效考核维度及指标？为了更好地在试用期评定候选人能力，老板如何制定试用期工作目标，HR如何设计考核办法和实施？如果我是候选人，怎么才能让企业支付我期望的薪水？面试中，我需要表现和表达的关键能力是什么，才能具有offer谈判的筹码？如果我是候选人，什么情况下我会义无反顾决定入职YOK？为了职业上长久的发展，我需要对方给我什么样的承诺，他们又会给我什么样的承诺？对于这个机会，我还需要深入了解哪些信息辅助我做决策？……

米豆将这些问题整理成问题清单，反复确认后发给了田若菲、魏铭，同时也发了一份给品牌总监黄先生，告知他们入职前需要从不同维度把这些问题了解清楚。发出去后，米豆的内心踏实多了。

下周，田若菲和魏铭将要参加第二次面试，希望这些问题对他们有帮助。

3位候选人对米豆又是夸奖又是感谢。

米豆统一回复："这是我应该做的，相互欣赏，彼此成就，加油！"

青柠酒吧。

Raymond请客，三智言语6个组长聚会。

"兄弟姐妹们，今天是个幸福和难忘的日子，想吃什么点什么，大家一定要尽兴。"

Laya："出大单了？这么兴奋！"

Justin："我感觉比出大单还兴奋！"

美亚："说吧，啥好事儿，迫不及待想听！"

Shine："你们往更大胆的方向去想，什么事情会让铁公鸡的

Raymond 如此反常……"

米豆微笑着听大家你一言我一语，因为她知道准确答案。大家喝酒吃菜，好不开心，酒足饭饱后，Raymond 又一次举起酒杯："来，大家走一个！祝大家工作开心，事事如意。"

"干杯！"

"我决定了！"

大家放下酒杯，看着有些激动，甚至破天荒有些语无伦次的 Raymond，等他继续说话。

"我，创业了！"

Justin："哇哦，厉害了，我的哥！什么情况，说说吧！你不会要离职吧？"

"不是，我选择跟 Enya 一起创业，上次老板跟我们介绍的合作方式，我选择出资跟她一起合伙开公司，成立三智言语武汉分公司……"

"哇，哇，哇……"

沸腾了！

这个消息，让每个人眼里闪着兴奋、激动和开心的光芒，Raymond 终于如愿以偿做了老板，并且有人为他创业之路遮风挡雨，为他撑伞挡风，最大限度控制创业失败的风险，最大程度推动和帮助他创业成功，聪明的 Raymond 经过反复思考和权衡后，他毅然决然跟 Enya 合作，不管是三智言语还是他本人，真正实现了双赢！

Raymond 的这个选择，Enya 最大程度保证了团队的稳定性，也实现公司规模扩张的规划。最最关键的是，她和 Raymond 的合作，给其他 5 个合伙人打了一个同创共赢的样板，其他 5 个人有前人之鉴，相信他们未来也会成为她真正意义上的合伙人。

从人性的需求出发，作为一个聪明人，与其孤军奋战创业，还不如寻找一个助力自己创业成功的合伙人。那么，我 Enya 是一个不错的选择，和我合作，我可以最大限度让利给他们，收益比自己创业做得好，还不那么辛苦，我相信他们的选择……

柔和的灯光下，他们6个人觥筹交错，意气风发，侃侃而谈，对未来、对自己充满希望。作为猎头团队的负责人，他们肯定想过自己未来的发展方向和空间，担忧过、迷茫过。现在呢，一切都亮堂了，明天你只管努力工作，一切都有保证，他们尽情和放肆地享受当下……

三智言语办公室。

大家更加努力工作，米豆的团队依旧在 sourcing、面试、解决候选人的问题，解决客户招聘的问题，尽最大努力去解决用人单位和候选人之间的需求平衡！

米豆看看时间，下午5:16分，魏铭的面试正在进行中，她等待的心情有些焦急，时不时看看时间。她不常如此沉不住气，为什么如此躁动？因为这个岗位招聘难度太大，耗时长，候选人太优秀，既怕客户不满意，又怕候选人看不上客户。她一直盯着时间，一般来讲，面试时长与面试成功率正相关，时间已超过一个小时……

"张总，魏先生面试结束后，麻烦跟我说一声。"米豆给张笑发了微信。

"好的，我也在等，老板和公司的一个副总裁一起跟魏先生在聊。"

"好的，谢谢！"

7点，同事们都去吃饭了，米豆一点都不饿，一直等着。

呜呜……

手机在震动，屏幕显示是张笑，她赶紧拿起手机，大概5秒后她接听。

"张总，您好！下班了没？"

"还没呢！魏先生面试结束了，但是老板说晚上邀请魏先生一起吃饭，明天再跟进面试结果。"

"好的，辛苦了，赶紧下班吧！"

挂掉电话，米豆有些小开心，种种迹象表明，面试应该是顺利的。

"魏总，晚上好！面试结束了吗？还顺利吗？"米豆给魏铭发了微信。

"还顺利，忙，晚些详聊。"

"收到，您先忙。"

魏铭看到米豆的回复，嘴角泛起淡淡的笑容，他喜欢跟米豆这样的猎头沟通。从第一次接触到现在，不仅有其他猎头的热情，还有其他猎头无法比拟的专业和用心，专业分析岗位画像与他的契合度，专业寻找公司资料给他做参考，专业设计面试过程中需要澄清和深入了解的问题让他的面试更有方向性，专业地帮他分析职场现状和未来的规划，专业地提供他想要了解的一切信息，专业且知分寸地保持最舒适的距离。她的专业让他更加理性和认真对待这次面试，谨慎评估这次机会……

劳累一天的米豆洗漱结束已经11点20分，她拉开抽屉打开日记本记录这一天发生的事情。写日记是记录生活，也是复盘工作，她很喜欢。

8月19日，星期四，晴。

已经到了8月中旬，猎头工作是速度与激情的完美结合，是的，我的组的岗位需要无限激情，但是即便已倾尽全力也无法提速，好惆怅！要把这些难啃的骨头都吃下，除了需要速度和激情外，还需要不服输的勇气和信仰，需要坚持和不放弃的信念，才可能看到成功的希望……

每天这个时候，她的内心无比安静，灯光下的她奋笔疾书，记录和复盘着自己的生活和工作……

第十二章　她走进雨里，任风起雨飘落

"天哪，我的妈呀！终于，终于，终于发 offer 了！太、太、太不容易了！"

米豆组的办公室被荷叶的惊叫声打破，大家眼中带光，抬头看向她！

"品牌总监的 offer 发了？"米豆问道。

"是的！"

"啊，太好了！"

压不住惊喜的是米豆，她惊叫着拍案而起。

"好消息，好消息，好消息……"

米豆的办公室沸腾了，大家都走过去抱着荷叶恭喜她！虽然候选人还没有入职，虽然还不知道黄先生是否能过保证期，虽然猎头费还遥遥无期，但是对于一个跟进了一年五个月的岗位，无数次失望甚至到放弃边沿的岗位，因为米豆要求坚持，坚持到最终发出 offer，值得被大家夸赞！

"今晚吃鸡，我请客，预算不限，好好犒劳一下荷叶！"米豆大声说道。

"哦，哦，哦……"办公室沸腾了。

呜呜呜……

脸上的笑容都快堆不下，激动得腮帮子发酸，米豆低头看向震动的手机，是 Enya。

"怎么了，领导。"

第十二章　她走进雨里，任风起雨飘落

"来我办公室一下。"

Enya 办公室。

"豆儿，刚才林佑给我打电话，她昨天晚上跟 YOK 的汪总吃饭谈海外市场扩张投融资的事情，饭局上有一个人叫魏铭的人，汪总介绍说是 YOK 首席战略官，这个人是我们公司推荐的吗？"

"你确定是叫魏铭？"

"林佑说这个人介绍自己的时候说魏国的魏，铭记历史的铭，应该不会错。"

"是我们推荐的，但是二面结果都没反馈呢！只是听 HR 说老板要邀请魏先生一起吃饭！"

"汪总的这个介绍是啥意思？"

"不至于到录用这个层面，一是魏铭在职状态，薪酬、权责啥的都还没谈呢！但是，有没有一种可能性，背着我们啥啥都已经谈好了？"

"有这种可能！"

"有可能，但是可能性比较小，按照这段时间跟魏铭对接中对他的了解，应该不会那么快决定。他还有 N 多的问题，我估计是被汪总拉去救场，这种可能性比较大。"

"会不会汪总已经有录用的决心，不管别人愿意否，他反正是下了决心，先拿出自己的诚意，真诚到魏明都不好意思拒绝。"

"哈哈哈，有可能！魏铭一直很忙，我约了他今晚沟通二面的情况呢！"

"好的，只要魏总满意，我们就有 70% 的成功几率。你负责这 70%，剩下不确定的 30% 交给我。"

"好的，老板。"

"加油，加油，辛苦了！"

"哦，对了，EYE 的品牌总监发 offer 了，恭喜老板！业绩再下一城！"

"真的？" Enya 的反映比米豆团队还要震惊。

"是的。十分钟前接到对方 HR 的反馈，也跟候选人确认已经收到 offer。"

"天哪，真是太好了，真是太不容易了！真正说明什么叫不放弃的结局是惊喜。这个月的月会上，把这个 Case 的交付作为学习案例，组织大家学习，你们小组分享。"

"收到！"

"哦，对了，曲若非什么进展？她有没有出 offer 的可能。"

"我觉得可能性很大，前天跟汪总见面又聊了一次，我们建议的问题清单跟对方再次确认了。面谈的结果，汪总对她还是很满意的，已经决定录用，目前是她在考虑。这次沟通后，她的意思是汪总并没有给她承诺一定会让她做 CEO，要看彼此的磨合和她最终表现出来的成绩，要看她是否具备 CEO 的各种能力，因为目前还是处于面试阶段，没有办法给出承诺，但是明确告诉她是作为 CEO 后备招聘和培养的。"

"现在的问题在于她如何选择，对自己有一个非常明确和全面的认知，是否有能力、有魄力、有决心去做这个事情，她可能需要严谨评估。"

"嗯，她是有意愿的，但是她需要评估自己的能力和潜力，有没有决心，敢不敢孤注一掷、放手一搏未来的 CEO 岗位，这需要她自己去评定……"

某餐厅。

第十二章 她走进雨里,任风起雨飘落

米豆的团队正在开心地吃着美食,畅快聊着天,尽情地享受这美好的"食光"和尽情释放压力。米豆一边吃饭一边聊天,一边看着手表上的时间。

呜呜呜……手机震动,是她定的闹铃——给魏铭去电话。米豆赶紧打开阳台的门,耳边顿时安静了很多。

"魏总,晚上好!现在方便电话吗?"米豆给魏铭发微信。

"在等你的电话呢。"

米豆立马拨通魏铭的电话。

魏铭大概说了面试的情况,还有昨晚和汪总一起吃饭的事情,他的语气是轻松快乐的,松弛感满满。

"魏总,您和汪总深入交流了三次,对这家公司和这个岗位您目前意愿度怎么样?"

"嗯,意向还是有的。工作内容和未来的发展前景基本能符合我的预期。"

"就您和汪总一起吃饭吗?给您的问题清单都确认了没?"

"吃饭的时候发生了一件特别有意思的事情,米豆你帮我分析一下汪总话里的意思。"

"好的,您请说。"

"饭局本来 4 个人,汪总、他们 2 个副总裁,还有我,大家边吃饭边聊,对我来讲也算是面试吧,大家围绕行业、市场、产品和企业未来的增长点聊得还不错。汪总接了一通电话,后面来了 3 个投行的人,汪总介绍的时候,直接说我是他们公司的 CSO,我当时都蒙圈了……事先也没告诉我,搞得我很尴尬。最关键的是,你知道我还没离职,这样介绍,如果对方知道我的公司信息,对我来说,可能会有些麻烦,天

呐！"

"啊！有这个事情吗？"

"是啊，米豆，你帮我分析一下汪总这是什么操作。"

"哈哈，你们是不是聊得很好，好到汪总以为你是partner（合伙人）的状态，无意识状态下说出来的？还是说他强烈表达了要录用您的主观意愿？"

"不知道啊，就觉得怪怪的。我觉得，作为汪总这种重量级的人物不太可能会犯这种低级的错误，所以不知道是什么意思！"

"是的，我觉得最有可能是他潜意识里已经把你当作团队成员，在对外介绍的时候很自然说出来，自然没想到可能会对您造成什么负面影响。"

"是这样吗？"

"嗯，我估计YOK很快会给您发offer，如果这样，您会接吗？"

"目前看来，各方面都还不错，就差薪酬包了。"

"您期望的现金税后年包是四百万左右对吗？经过这几轮的交流，期望上有无变化？"

"差不多吧，如果他们愿意多给我也是乐意的，越高越好，哈哈。"

"明白，我尽快跟HR对接一下，看看后面的安排。但是，像咱们之前沟通的一样，作为高管，薪酬结构是固定工资加浮动部分。"

"这个我知道，辛苦你了，米女士。"

"跟魏总认识是我的荣幸，应该的……"

挂断电话，一扫米豆内心的不安，只要魏铭有意向，可能性就太大了。

"王经理，晚上好！汪总和魏先生聊完，有反馈了吗？后期如何安排呢？"米豆给招聘经理王元满发了微信，但是一直没回复，时间已经到了晚上 9:23。

哎,别人下班了还打扰她,真是不应该。本想撤回信息,但是已经无法撤回。

放轻松,是你的终究是你的,不是你的强求也没办法!米豆对自己说道,然后放下电话大吃大喝去了。

吃完饭,大家还意犹未尽,似要把内心哪怕一丁点的不快都发泄出来,把身体的每个细胞都装满快乐,直到大家都唱不动了才从 KTV 出来,时间是凌晨 12:07。

这里离米豆住的地方近,送走大家,她想走回去,15 分钟的路程。一个人漫步在夜深并不是那么静的街道上,今晚有些闷闷的感觉,似乎要下雨,她沿着街道慢慢走着。

呜呜……手机震动!

还有谁像我一样没睡啊!

"抱歉,一直在开会,现在才结束!米豆,睡了吗?"王元满的微信。

米豆顺手拍了一张面前的街景发给王元满,并配文:"咱们都是热爱生活的天选打工人,刚下班!"

呜呜呜……王元满的电话。

"喂,王经理,辛苦了,怎么加班到这么晚!"

"今天事情比较多,后面又跟我们老板碰几个重要岗位的招聘,大家一聊就到了这个点。"

米豆听到这里,赶紧追问:"有聊到魏铭和田若菲吗?"

"当然,主要就聊这两个岗位和这俩候选人,现在才结束啊,然后就迫不及待给你电话。"

"啥,啥,啥结果?还要不要继续推人?"

"你不烦吗，我都烦了……"

"哈哈哈，我不敢说啊，我希望能尽快定下来。"

因为内容太精彩，米豆停下来站在正在横穿的桥面上仔细听着，害怕漏掉一个字。水面反射的光晃晃悠悠地照在她的脸色，她是那么地投入和认真，脸上慢慢荡起甜甜的笑容。

YOK决定录用魏铭和田若菲，岗位定位、职责和薪酬包都已经确定，能达到候选人的期望。因为这两个岗位很重要，薪酬上给足对方尊重，希望他们能全身心投入工作中……

水面被雨点砸出稀稀疏疏的小窝，下雨了，米豆依旧站在原地没动，仔细听着电话并不时回应。她抬起头，享受雨点轻轻砸在脸上带来的凉丝丝的刺激。

"太好了，太好了，如果有这两个人加入贵公司，汪总的规划能被很好执行，那未来的YOK势必将成为行业龙头啊。未来可期，有无限可能，太期待了……"

挂掉电话，米豆环顾四周，稀稀拉拉有人从她的身边经过，她好想抓个人告诉他们此刻的心情，她开心到爆炸。如果两人都能成功入职并通过保证期，她至少可以收入50万，她直接原地跳了好几跳……

雨点并没有停下来，反而有越来越人的趋势，她太开心，这个时候他不想去打扰队友，让他们好好休息！唯有漫天的雨点与她同贺，偷偷又热闹地享受这份开心和激动！

雨下大了，她把手机塞进自己的包中，仔细扣好，相信它的品质会保护好她的手机和其他，然后信步走在雨中。

此刻，她思绪万千！

她的脑海中是魏铭和田若霏自信大方、侃侃而谈、旁征博引、学富五车的样子，他们不仅有让大多数人羡慕，让企业感兴趣的学历背景，即便如此，他们并没有因为自己的硬件条件优秀就停止或者放弃进步，而是选择不停学习让自己变得更强大。当自己的能力达到一定程度后，专业能力纵向积累足够深后，选择有益于职业发展的横向学习，让自己的综合能力得到提升和发展，不断加强自己的综合竞争力。确保自己在激烈的人才市场竞争中有足够的竞争力和自主决策权……他们有明确的目标，知道自己想要什么，并且为自己想要的东西拼尽全力，这就是他们为什么能拿高薪，能站在人力市场顶端的原因……就是那句话，人家明明比你更优秀，还比你更努力，努力到让自己发光……他们不仅专业上厉害，在为人处事方面也会让你感到舒适，越优秀的人越低调，越懂什么叫尊重彼此……在这些优秀的人才身上，不存在所谓的职场危机，因为他们是职场危机的粉碎机，他们不会被雇主挑拣，而是有足够的资本可以挑拣自己喜欢的雇主，这就叫实力……

　　见了太多职场不如意、处处碰壁的人和故事，他们被企业各种挑拣，薪酬上不去，发展不顺利，一到中年各种危机，为什么呢？大部分是因为一直吃老本不上进，没有风险和危机意识，忘记了自然界生存法则——弱肉强食。在职场中，早早把自己安排到最舒适的状态然后告诉自己，只要耕耘好自己的一亩三分地，就能安稳度日，无忧无虑。但是他们忘了，这世间决定自己是否顺遂、稳定和发达的变量太多，这世间永恒不变的是变化，危机可能就在下一秒。

　　作为猎头行业的资深顾问，时时刻刻都被优秀或者反面事例刺激着，能做的就是以他人为镜，不断修正自己，时刻保持自己的学习力和风险意识，这样才能有竞争力和自主决策权，才是安身立命的长久之计，才会有确定的未来。

这场雨好像读懂了她的心，雨点越来越密集，节奏越来越欢快，她的头发、衣服、鞋子全湿了，她悠然自得地漫步雨中，不畏人眼，不畏人言，不畏风雨，自由自在，畅快而舒心……